偵探已經，死了。

偵探已經，死了。

6
La detective
está
muerta.
偵探
已經，
死了。
二語十
[ill] うみぼうず

「就算你忽然
叫我住在這裡，我也……」
君塚君彥
Kimihiko Kimizuka
——小學生

丹尼・布萊安特
Danny Bryant
——君塚的《師父》
「你還呆站在那裡做什麼？
今天開始
這裡就是你的家啦。」

角色扮演
名偵探
TANMOSHI

『嗚！妳可是守護世界的正義使者，
請妳多注意自己的行為呀。』
『學、學姊？
妳、妳那打扮是……』
我躺在床上
把手機高高舉起，
看到畫面中的米亞
忽然變得慌張失措。
這麼說來，
我身上還只穿著內衣呢。
希耶絲塔
Siesta

！
米亞雖然用雙手遮起泛紅的臉蛋，
卻依然可以透過指縫間看見她的眼睛。
這孩子到底是想要怎樣？
『抱歉抱歉，我正打算要換衣服。』
米亞・惠特洛克
Mia Whitlock

《調律者》

為了維護世界安定與和諧而存在的十二名使者。
各自被賦予特定的職位與使命，日夜對抗降臨這個世界的各種危機。當《調律者》[illegible]的時候，會經由《聯邦政府》的勅命補充新人。此時也可能增添新的職位。

《世界危機、世界之敵》

不僅限於戰爭、環境破壞等人為性的世界危機，乃對所有超出歷史上及科學上的預測，會對地球造成危害的現象及存在的總稱。
如《第三次世界大戰》或下文的《原初之種》以及《[illegible]的反叛》等等皆屬其中。

《原初之種(席德)》

約五十年前來襲的《世界危機》，同時為《調律者》之一——《名偵探》的宿敵。能夠擬態為人類，並透過自己的複製體率領名為《ＳＰＥＳ》的組織，企圖讓自身的種族在地球上繁衍。於最後的戰鬥中耗盡力氣，被尤克特拉希爾吸收，不過依然將[illegible]留在這顆星球上。

《聖典》

由《調律者》之一的《巫女》負責編撰，預言《世界危機》的書籍。內容具有高度機密性，通常即便是《聯邦政府》的高官也不可閱覽。其中一部份遭到[illegible]竊取，然而由於其犯人的特殊性，不清楚究竟被奪走了什麼部分。目前尚在調查中。

《聯邦政府》

以大國——密佐耶夫聯邦為中心，堪稱所謂「世界政府」的組織。以保護地球不受《世界危機》摧殘為唯一且最大的共通目的，組成跨越國際、跨越洲際的存在。所有成員皆早已[illegible]，鮮少現身人前。

《聯邦憲章》

記載《調律者》必須遵守的規定以及他們出席參加的《聯邦會議》相關決定的規則。究竟是什麼人於何時所制定，除[illegible]或[illegible]等特例之外幾乎無人知道。

《虛空曆錄》

成為上文中《第三次世界大戰》爆發原因的世界祕密。傳聞中內容可能是毀滅地球的生物兵器設計圖，或者世界各國暗中銷毀的政治機密情報，但真相沒有必要刻意讓人類知曉。
從前藉由密佐耶夫聯邦的政策與當時的《調律者》出力協助，讓《第三次世界大戰》沒有造成實質上的傷害，也預防了《虛空曆錄》的外流。
今後的世界依然會繼續維持永恆的和平。

《特異點》

為了維護世界和諧，應當盡早[illegible]。

La detective
está muerta.
偵探已經死了。
二語十
[ill]
うみぼうず
La detective
está muerta.
6

Contents

7 years ago Kimihiko 007
某位少年的敘述① 016
某位少女的敘述① 026
第一章 030
四月二十四日　希耶絲塔 030
四月二十六日　希耶絲塔 045
四月二十七日　君塚君彥 058
四月二十八日　希耶絲塔 069
某位少年的敘述② 080
第二章 085
四月二十八日　希耶絲塔 085
四月二十九日　君塚君彥 120
四月三十日　希耶絲塔 130
某位少女的敘述② 139
第三章 142
五月一日　希耶絲塔 142
五月二日　君塚君彥 166
五月二日　希耶絲塔 171
五月二日　君塚君彥 181
五月二日　希耶絲塔 185
某位少女的敘述③ 201
第四章 204
五月三日　君塚君彥 204
五月三日　希耶絲塔 217
五月三日　君塚君彥 226
五月四日　？？？ 266
五月五日　希耶絲塔 273
五月五日　君塚君彥 282
某位少年的敘述③ 297
四年前的序章 306
後記 316

繪圖●うみぼうず

【7 years ago Kimihiko】

「也就是說，這次你也是無罪？」

這天，我在一間經常光顧的派出所，望著頭髮花白的警察一邊苦笑一邊整理筆錄內容，臉上露出連我自己都覺得未免疲累過頭的表情。

「我不是說過了嗎？那不是我做的。」

哪裡會有小學五年級的學生在路上搶奪女性的包包啦？

「嗯～如果是你搞不好會做吧？」

「你太高估我了。」

不，這種狀況或許應該講太低估吧？我在這間甚至讓人有如回到老家般湧起安心感的派出所裡深深嘆了一口氣。

若要說世界上哪有什麼「經常光顧的派出所」，以我的狀況來說毫無疑問就是「有」。像我光是這禮拜就已經和這位警察（好像是派出所長）見第三次面了，比我去學校上學的次數還要多。

什麼？你說我明明是小學生也未免蹺課太多天了？我也沒辦法啊。例如在上學途中，我幫忙一位拄拐杖的老婆婆過馬路時，發現她正受到匯款詐騙，結果雪球就會越滾越大，讓我不知不覺間被捲入一場與巨大詐騙集團間的麻煩事之中。這就是我與生俱來的《容易被捲入事件的體質》。這樣哪有時間悠悠哉哉去學校上學嘛。

然後今天也是一樣，我在上學途中又被捲入一場搶皮包事件中，遭懷疑是下手的犯人，結果就在這間派出所中和已經熟識的所長做著沒有意義的攻防戰。

「不論昨天、今天還是明天，我都是無罪。不，是無辜的。」

假如講「無罪」，在含意上會有一點差異。據說就算真的做了犯罪行為，但是當證據不足或基於精神障礙等理由無法問罪的時候同樣會使用「無罪」這個詞。然而我的狀況是千真萬確，既沒搶過皮包也沒詐騙過誰。就這個意義上，我應該要講無辜而非無罪。記得上次在無聊的國語課中，我有用字典確認過這點。

「你小小年紀懂得可真多呢～」

所長用拉長話尾的語調隨口答腔的同時，目不轉睛地盯著我的臉。

「其實我也快要退休了。本來以為最後幾年可以在派出所悠哉度日，沒想到多虧有你，反而讓我過著職業生涯中最忙碌的日子啊。」

雖然也相對地一點都不無聊就是了——所長說著，咧嘴一笑。

他說他快要退休，代表有一天應該會換成別的警察來這間派出所。既然我這個麻煩的體質無法改變，可以確定今後依然會繼續光顧這裡。我只能祈禱下一任所長是個好講話的人了。

「請問我是不是差不多可以回去了？我想你應該知道我是無辜的吧。」

距離犯案現場稍遠處的一臺監視攝影機似乎有拍到疑似搶劫犯的男性逃跑的身影，因此體格上完全不同的我就被排除嫌疑了。幸好我還是個小孩子。雖然說，我希望有一天自己可以再長高一些就是了。

「再說，我還必須遵守門禁時間。」

我說著，從折疊椅上起身。

雖然我講門禁時間，但並不是說有什麼對回家時間很嚴格的父母在家等我。等待我的，是**設施的規定**。對於自從懂事以來就舉目無親的我來說，光是有個能保障我生存權利的環境就很教人感激了。

「哦哦，你再等等。今天好像有人會來接你的樣子。」

然而所長卻意外地把我留住。

他說有人會來接我是什麼意思？現在照顧我的那間兒童保育設施中擔任負責人的阿姨自從察覺我具有這樣的體質之後，就變得不管我發生什麼問題都貫徹漠不關心的態度了。無論在好的意義上或壞的意義上。因此我認為她不可能會特地跑來派出所接我才對……

「講著講著人就來啦。你看。」

所長說著，明顯把視線望向我身後。

「他就是你的保證人。」

沒想到原來你也有親戚呢——我聽到所長這麼說，忍不住轉回頭。

站在那裡的是一名把紳士帽戴得遮住眼睛、身著西裝的壯年男子。乍看之下似乎儀容端正，但仔細觀察可以發現西裝與襯衫都有些鬆垮變形的部分，穿到塌軟的皮鞋上還沾了泥巴，然後從紳士帽的帽簷下可以窺見如野獸般銳利的眼神。

「你叫什麼名字？」

我這麼詢問，結果男子頓時面露笑臉，張開野狼似的大嘴報上名字：

「——我叫丹尼。丹尼・布萊安特。」

這就是我和《師父》的邂逅。

後來我被那位自稱丹尼的男子帶到一間屋齡四十年的老公寓。打開玄關大門再穿過一道內門，裡面是約四坪大的和室。雖然我對榻榻米的氣味應該不至於到很熟悉的程度，但也許因為生來是個日本人的緣故，讓我莫名有種懷念的感覺。

「你還呆站在那裡做什麼？」

男子從背後對我如此說道後，穿過我身邊的同時又講了一句「今天開始這裡就是你的家啦。」然後一屁股坐到矮桌邊。

緊接著，他便「噗嘶！」一聲打開罐裝啤酒。那是他從派出所來到這裡的路上在一間便利商店買來的。

「就算你忽然叫我住在這裡，我也……」

我帶著困惑環顧周圍。房間牆上掛有大概是外國紀念品的奇妙物體，另外在室內還到處擺設了各種古董或藝術品。

不知道這男人是喜歡旅行還是有蒐集破爛的嗜好。一想到今後要在這種房間與一位來路不明的大叔兩人生活，我就不禁頭痛起來。

「哈哈，沒必要想得那麼複雜啦，小學生。」

結果那男子用這樣的稱謂或者應該說類別稱呼我。

「什麼自己的歸處啦，容身的場所啦，不需要想得那麼硬。既然是小學生，我想想喔……就當作是找到一個方便的祕密基地之類的就行啦。」

像我也是這樣──丹尼如此說道。看來意思是說，這個家對他來講也只是活動據點之一罷了。從房間裡那些紀念品推測起來，他果然平常喜歡到處旅行吧。

「也就是說，你並不會一直待在這個家囉？」

我把一個坐墊拉到跟他稍隔一點距離的位置坐了下來。

「就是那樣。所以你可別期望我會照顧你生活起居喔。」

「……虧你自稱是我親戚，居然這麼不負責任？」

這下真不曉得跟必須被迫接受嚴格團體生活的保育設施比起來，究竟哪邊比較好了。

「真沒轍。那麼房租、電費還有水費就由我出吧，畢竟我可是大人。」

「你那種講法聽起來就很幼稚了……那生活費呢？」

「那部分你自己賺。不過別擔心，我也不是叫你出去哪裡工作。你只要幫忙我以後帶回來給你的工作就行。」

「……我還是個小學生喔。」

這就是交換條件——丹尼喝著啤酒如此表示。

「世界上多的是十一歲就在工作的小孩子，別以為自己的常識就是世界的常識。」

講得好像你親眼看過一樣——我本來想這麼酸他，但仔細想想搞不好真的是那樣。這男人在世界各處旅行，或許曾經見過什麼樣的景象？

「另外還有一點，來定一個我們之間的規矩。」

對方簡直就像看出我心中在想的事情一樣，接著說出這樣的提議：

「我們把這個家當成兩人共用的據點，但絕不多管對方的事情。」

這就是唯一的規矩——丹尼表情嚴肅地強迫我接受這樣的約定。

「既然會把這種事情特地定成唯一的規矩，代表你有什麼絕不想被人多管的**祕密**是嗎？」

「哈哈，你直覺可真敏銳。」

對於我微不足道的推理，男人就像是喜劇電影的一幕般大笑起來。

我和他相識到現在只有幾十分鐘。

然而我對他的第一印象已經可以確定，他絕對是個相處起來很累人的類型。

「另外我還想問你一件事。」

就算他剛剛才跟我約定別多管閒事，但畢竟我可是今天忽然被帶到這地方來，讓我再多問一個問題應該也不為過吧。於是我開口問道：

「為什麼你要收養我？」

他雖然說自己是我的親戚，但怎麼想都是騙人的。那麼這男人究竟是為了什麼利益而看上我的？就像他剛才講的，是為了叫我幫忙他的工作嗎？

不，如果他的目的是勞動力，肯定有其他更好的人才可找。那麼真的是為了好心幫助不幸的小孩嗎？既然警察也承認了，代表這應該是透過正規手續的領養行為吧？可是我完全沒有聽說這件事啊……

「凡事必定都要追究理由，真是聰明的孩子。」

結果男人瞇起眼睛注視我，接著……

「那樣的精神，你可別忘記了。然後總有一天，解開那道謎題給我看看吧。」

他咧嘴露出皓齒，到頭來還是沒有回答我的問題。

「抱歉啦，這是大人的事情，小孩不用管。」

「……我最討厭這句話。」

男人見到我露出不高興的表情，卻反而笑得更開朗。

「哈哈，這樣啊。那麼就當作是賠罪，我請你吃一頓你喜歡的東西吧。你想吃什麼？」

他說著，用手壓扁喝完的啤酒空罐，又接著把手伸向第二罐。

我看著他那動作，開口說出不經意想到的念頭：

「我一直想嘗嘗看所謂的外送披薩。」

而且要叫大的——聽到我這麼說……

「其實我早料到你會這麼講，所以已經訂好啦。」

再五分鐘就會到囉——男人拿著手機如此笑道。

就這樣，我和丹尼奇妙的兩人生活開始了。

【某位少年的敘述①】

一年到頭都能感受到夏季的高溫多溼國家——新加坡。我們四個人現在來到了這裡的住宅區。

在一間面朝屋外、舒適微風吹拂的餐廳，坐在我對面座位的齋川看著眼前的午餐，很有精神地雙手合掌說道：「我要開動囉！」

「哇～看起來好好吃呢！」

據說這裡是在世界知名的餐飲指南書中有獲得星等的店家，然後像這樣在公寓大樓的一樓部分設置類似美食廣場的區域，似乎在這個國家是習以為常的景象。我不禁再度體認到世界各國的文化各有不同。

「唉，總算可以吃到飯了。」

這次換成坐在我斜對面座位的夏露用不滿的眼神看向我。

「都是因為某位先生，讓行程這麼無法按照預定計畫進行呀。」

真會找麻煩——她一邊如此埋怨，一邊吃著午餐的豬肉麵。

看來她是對於來到這間餐廳之前，我不小心抓到一個**扒手**結果耽誤了時間的事情感到不滿的樣子。

「別這樣嘛。反正離預定時間還很早，沒什麼關係吧？」

如此帶著苦笑安撫夏露的，是坐在我旁邊的夏凪。

我們來到這個國家的目的——也就是和《聯邦政府》高官之間的會議，預定在今天下午六點舉行。

而這次的議題是關於夏凪渚就任《調律者》的事情。讓她成為新一任的《名偵探》是否妥當，似乎會在這次的會議中正式判斷。

「這搞不好會是一場很累人的會談，所以趁現在好好補充能量吧。」

我一方面也是對自己這麼說道，並用叉子叉起大塊的雞肉。

「名偵探，是嗎？」

忽然，夏凪大概是思考著這個詞所蘊含的各種意義，把視線望向屋外遠方。既然會有人成為新一任的《名偵探》，自然意味著有人從那個職位退任了。

那個人物的名字就叫——希耶絲塔。

大約一個月前，我們與取回心臟的《名偵探》（希耶絲塔）一起和世界之敵《原初之種》（席德）展開了最後一戰。最終靠著原本是敵人的海拉犧牲自我，將席德封印到巨樹中，為這段漫長的故事劃下句點——本來應該是如此的。

然而，結束那場戰鬥後的希耶絲塔由於**某種原因**必須進入沉眠，至今依然沒有睜開眼睛，在日本繼續午睡中。而在找出讓她從睡夢中醒來的方法之前，我們決定不讓這段故事落幕。

「我們接下來才應該更加把勁，對吧。」

坐在旁邊的夏凪為了振奮精神，「啪！」一聲拍打自己的雙頰。

的確，我們有失去的東西，有改變的東西。

但即便如此，依然有東西繼承下來，沒有消失。

「君塚？怎麼了嗎？」

夏凪感到奇怪地歪了一下小腦袋。

在微風吹拂中，她輕柔飄逸的頭髮——是短髮。

我不經意感覺好像看見了如今已不在世上，但確實存在於她心中的另一個人物的面容。

「沒事，我只是覺得美女不管剪什麼髮型都很好看啊。」

「……你以前是會若無其事講出這種話的人嗎？」

結果從旁邊座位傳來這樣微弱的咕噥聲。

「畢竟我學到一課，多少坦率一點可以讓事物進展得更圓滑。」

凡事應該多重視步調與節奏，這是從前某位名偵探教我的事情。把違背自己心

意的話講出來，或是反過來不把真心話告訴對方結果導致狀況惡化，看在第三者眼中只會累積怨憤而已。更重要的是那對於當事人只有百害而無一利。這幾個月來，我透過各種經驗學習到了這點。

「那麼君塚先生！請你也稱讚一下人家吧！」

忽然舉手這麼插入對話的，是齋川。

「我聽不懂妳說『那麼』是什麼意思。」

「哎呦討厭啦，君塚先生，所謂偶像就是追求吹捧恭維的職業喔。」

「頂級偶像別把那種話講得一臉認真好嗎？」

也罷，這同樣講究步調吧。

於是我注視著坐在對面座位的齋川，從她精心塗彩的指甲油、不同於平常的髮型乃至最近改變的洗髮精與香水氣味等等，將我所能想到的部分一一提出來稱讚。

「……啊、這、這樣呀。呃、那個、謝謝你……」

「喂，齋川，妳的臉幹麼那麼僵硬？為什麼要把椅子往後拉？」

太奇怪了。是她叫我稱讚所以我才稱讚她的說，這也太不講──

「不，會被你嚇到也是正常的吧？」

正當我一如往常準備嘆氣的時候，就連那嘆氣的動作都被夏凪用無奈的眼神打斷了。

「你未免太恐怖了。居然對女孩子觀察得那樣鉅細靡遺，再怎麼說都太可怕啦。」

「身為偵探助手，仔細觀察人是必備技能吧？」

「我就是叫你不要把那種技能發揮在我們女孩子身上呀！」

夏凪和齋川互相抱著對方，「好恐怖呦～」地半瞇著眼睛瞪向我。

為何我要遭受這種待遇？

「唉，夏露，看來這下變成二對二的局面囉。」

「為什麼要把我算進你那邊啦？」

結果就連在場應該認識最久的金髮特務也露出無奈的眼神看向我。

「話說夏露，妳的生日快到了吧？有想要什麼禮物嗎？」

「居然企圖靠送禮討好我嗎!?……倒是你為什麼會知道我的生日啦？」

這點上沒有什麼深意，只是因為我以前的搭檔是個莫名重視紀念日的偵探。

「君、君塚居然會知道人家的生日……等等、為什麼我會有點開心呢……怎麼可能有那種事情……」

「唯！不要擅自給我配音那種莫名其妙的臺詞！」

夏露用雙手撥亂齋川的頭髮，結果齋川雖然「對不起嘛～」地道著歉，臉上卻還是綻放開心的笑容。

看著這樣和平的景象一邊用餐，總覺得好像更加美味了。

「話說，我好像沒有收到禮物喔？」

就在那兩人如此互動的同時，坐在旁邊的夏凪露出似乎想表達什麼的眼神望向我。

我記得她的生日是——六月七日。

那剛好就是我在放學後的教室與她相遇，並接受她商量關於心臟的事情那一天之前。

「妳的禮物要等明年啦。」

「也就是說，明年我們還會在一起的意思囉？」

表情不知為何又變得開心起來的夏凪，把剪短的頭髮撥到耳後。

——明年。若沒發生什麼問題應該已經從高中畢業的我們，到時候不知道會過著什麼樣的生活，我們所有人的心願真的會實現嗎？

「我的生日是十二月，所以還來得及喔！」

大概是聽見我們對話的齋川接著也向我索討起禮物。

「妳還會有什麼想得到的東西嗎？」

只要看過她那棟豪宅，我總覺得她想要的東西應該都不缺了吧？

「實體上的東西或許沒有啦，不過相對地，那個、我想做一件事情……」

齋川難得表現得欲言又止，最後抬起眼睛瞄向我們……

「我希望可以和大家一起辦場生日派對。」

她畏畏縮縮地講出這樣一個對於過去的她來說並非理所當然的心願。

「當然！我們絕對要辦！」

夏凪「喀噠！」一聲從椅子上站起來，隔著桌子擁抱齋川。

齋川雖然一臉驚訝，不過很快又露出安心的表情。

經過光是用「各種事件」這樣簡潔的詞彙實在不足以形容的大大小小經歷，夏凪和齋川之間也建立起真正的友誼了。

「妳不跟她們一起嗎？」

我對在一旁看著那兩人的互動，卻好像猶豫不決地把手伸出來又縮回去的笨拙金髮少女如此說道。看來她還沒有足夠的勇氣自己跳進那個圈子裡的樣子。

「不用了。」

到最後決定放棄的夏露這麼小聲呢喃。

即便如此，我依然看見她拿出記事本，似乎在未來某一天的格子中寫下預定行程。

「……幹麼啦？」

沒事。我只是覺得妳真的很不坦率而已。就跟以前的我一樣。

「話說回來，君塚先生的生日已經過了嗎？」

本來我也想要為你慶祝的說——齋川對我這麼詢問。

「君塚的生日是五月五日。」

「夏露，為什麼是妳回答啦？」

而且為什麼妳也會知道我生日？

「哦～是兒童節（註1）呢。」

齋川一邊吃著冰棒一邊這麼隨口回應後……

「這麼說來，請問君塚先生從前是個怎麼樣的小孩子呢？」

聽到她這麼一問，其他兩人也把視線轉向我。

尤其夏凪還說著「這的確教人好奇呢～」表現出很大的興趣。

「畢竟我知道的君塚，只有和希耶絲塔相遇之後的你呀。」

「確實啦，我跟她也沒聊過這方面的事情。」

和希耶絲塔一起去旅行之前，我的孩童時代，以及關於生日的回憶——原本封藏在腦袋深處的片段往事久違地浮現了。

「聽起來也沒什麼有趣的喔。」

註1　這裡指日本的兒童節。

那些肯定不是什麼值得講給別人聽的回憶。

因此除非有人問我，否則我一點都沒有想要自己說出口的念頭。

「我們本來就沒期望聽到什麼有趣的內容啦。」

不過令人意外的是，夏露別開視線這麼表示，幫我降低了開口的難度。

另外還有一個人……

「我們只是希望對你的事情更加瞭解而已。」

夏凪的笑容以及這句話，讓我頓時深深被吸引。

……對，沒錯。在放學後的教室裡和她相遇那時候也是這樣。

「所以，說給我們聽吧。」

她溫柔地對我微笑。

既然都聽到這樣一句話，我究竟該怎麼做已經決定下來了。

對於海拉的《言靈》——不，是夏凪發自內心的話語，想必我今後也依然毫無抵抗力，只能被她說動吧。

「講起來或許會很長喔。」

很巧的是，到下一個預定行程之前還有很多時間。

那麼，要從哪一段經歷開始講起呢？

我首先試著將幾年前的往事一段一段回想起來了。

【某位少女的敘述①】

「早安，希耶絲塔大人。」

我將換了水的花瓶放到窗邊，對躺在床上呼呼睡覺的少女如此問好。**和我有著同樣一張臉的她**在午後陽光的照耀下正一臉滿足地睡著午覺。

然而對於我的問候毫無回應，也沒有睜開眼睛的這位少女，代號為——希耶絲塔。是拯救了世界的偵探。

「雖然節氣上已經入秋，天氣還是很熱呢。」

我這麼自言自語並望向窗外的景色，想到了應該聳立在這片景象遠方的某棵巨樹。餘暑依然炎熱的九月陽光此刻是否也灑落在過去曾那樣厭惡光明的他與她身上呢？

被陽光照射會導致細胞壞死的生命體席德，以及擁有夏凪渚這樣燦爛耀眼的另一個人格的海拉。那樣的兩個人現在卻把枝葉樹幹伸展得比任何植物都要高，被天上刺眼的陽光照耀著。這狀況乍看之下令人不禁覺得是一種悲哀的諷刺。

不過我想他們事到如今也應該已經跟太陽和好了吧。要不然，那棵樹想必也不會成長得如此巨大才對。王子與燕子肯定是在暖和的陽光照耀中緩緩入眠了。

就跟現在的希耶絲塔大人一樣。

「…………」

我在近處的一張椅子坐下來，重新把視線望向躺在床上的白髮少女。

本來在一個月前的那場決戰結束後，希耶絲塔大人就應該迎接了**美好結局**才對。曾經被海拉奪走的心臟回到希耶絲塔大人的左胸中，在《發明家》（密醫）史蒂芬・布魯菲爾德的治療下與夏凪渚一同獲救，讓君塚君彥再度成為自己的助手，踏上全新的冒險旅程。

那樣眾所盼望的結局之所以沒能實現的理由只有一個，就是埋在希耶絲塔大人心臟中的《種》。過去源自席德的那個《種》只要在希耶絲塔大人的意識清醒的狀況下就會持續成長，最後發芽並奪取容器的肉體，使宿主成為怪物。

早已深植於心臟的那個《種》，即使靠史蒂芬的實力也無法摘除……在這樣的狀況下讓希耶絲塔大人繼續生存的唯一方法，就是讓她保持睡眠的對症治療——既然《種》只會在希耶絲塔大人意識清醒的期間才會成長，那麼讓她一直睡覺就行了。

當然，這麼做並不能根本性地解決問題，只是將遲早會到來的別離往後拖延罷了……但我還是會忍不住思考「即便如此」的假設。是不是有一天能夠找到什麼方法將深植於希耶絲塔大人左胸中的《種》摘除？某位偶像、特務或是新的偵探及其助手，是不是有誰能夠把希耶絲塔大人從深沉的午睡中叫醒呢？

妄想著那種未來的我，今天同樣在幫花瓶換水的同時，凝視著希耶絲塔大人的臉龐。望著主人那張雖然與我有著同樣長相，但浮現的表情遠比我柔和的臉蛋。

「對，這張睡臉，就暫時讓我一個人獨享吧。」

現在君塚君彥、夏凪渚、齋川唯與夏洛特・有坂・安德森那四位正離開日本前往某個東南亞國家。據說是《聯邦政府》召喚夏凪渚，要評議關於讓她就任新一代《名偵探》的事情。

如果一切順利，他們預定很快會回國。不過這幾天還是由原本身為希耶絲塔大人專屬女僕的我代為負責照顧她。

……話說回來，實在沒想到我現在竟然還可以待在希耶絲塔大人的身邊。

「我本身都沒想到自己可以活這麼久呢。」

我原本是《發明家》史蒂芬透過借用希耶絲塔大人肉體的形式創造出來的人工智慧。我的存在意義本來只是將希耶絲塔大人的遺志託付給君彥他們四個人，並協助他們解決各自的課題使他們獲得成長而已。

然而當回過神時，君彥竟把「讓希耶絲塔大人復活」這樣的禁忌講出口，而且在付出各種犧牲之下真的讓這個願望實現了。然後在不知不覺間被捲入這場計畫的我，也出乎原本預料之外獲得了新的身體，如今才得以像這樣觀賞主人的睡臉。

「難道這也在希耶絲塔大人的計畫之中嗎？」

當然，希耶絲塔大人應該沒有預料到自己會復活的未來才對。但即便如此，假使她對原本只為了使命而誕生的我感到同情，希望能給予我什麼幫助，也不是什麼值得奇怪的事情。畢竟代號——希耶絲塔的人物就是這樣一位偵探。

另外，著眼於各種未來的名偵探其實同樣也很重視過去。

我不經意望向牆上的掛鐘，確認現在離君彥他們應該會定時聯絡的時間還很早之後，拿出一本手記。這是以前希耶絲塔大人透過史蒂芬交付給我的東西。

雖然說，在我的資料庫中確實也有記錄關於希耶絲塔大人的過去，但偶爾像這樣翻開紙本，透過滲染的原子筆墨水想像當時的情境，也不失為一種樂趣。

「我不會讓其他人看到這些內容的，因此還請您多包涵吧，希耶絲塔大人。」

所以說，這是只有我們兩個人知道的記錄、記憶。

甚至連一同旅行了三年的助手也不曉得的、偵探的祕密故事。

這本手記的內容，是從四年前的某一天開始的。

【第一章】

◆四月二十四日　希耶絲塔

「妳來了。代號──希耶絲塔。」

這天，受《聯邦政府》召喚的我來到位於英國的密佐耶夫聯邦大使館，在一間大房間中望著投影機映出的影像。

既然會特地把人叫到這裡來，我本來還以為對方本人應該也會在這地方的。然而**她**看來還是老樣子，只會從遙遠的異國透過影像見面。這位身著和服、臉戴面具的政府高官掩藏著自己的表情對我說道：

「自從上次妳就任《名偵探》那時候以來，很久沒有這樣面對面交談了吧。那之後可有什麼變化？」

明明遮著自己的臉還敢講什麼面對面，而且那聲音中也聽不出什麼真的在關心我的感覺。

不過**我們**和**他們**之間的關係本來就是這種程度而已。從各種危機之中保護世界——《調律者》與《聯邦政府》是以這點為最大且唯一的目的，相互構築起工作上的關係。

「是的，好久不見了——艾絲朵爾。」

我站在房間中，叫出這位《聯邦政府》高官的代號。

「我受你們任命為《名偵探》之後大約過了一年。然而不管多了什麼頭銜，我要做的事情都不會有改變。」

我對於艾絲朵爾無趣的問候如此回應後，影像中的她輕輕笑了一聲。在那面具底下，她此刻究竟帶著什麼樣的表情？從聲音聽起來的印象她應該相當高齡，但同時也流露出一種老奸巨猾的感覺。

「討伐《原初之種（席德）》。我們同樣也期望身為《名偵探》的妳能夠達成這項任務，不過妳和那之間究竟有什麼關係？」

艾絲朵爾提出這樣的疑問。

沒錯，我正式成為《調律者》之前，本來就以個人身分在追查《原初之種》。因此無關乎《名偵探》的頭銜，我賦予自己的使命就是討伐以《原初之種》為首的《人造人》。

只不過自從獲得《調律者》的身分之後，在許多事情上都變得方便了許多。像是在光天化日下攜帶槍械這種事，若只是一般民眾的身分肯定難以實現吧。因此我對於現在與《聯邦政府》共事的這個狀況並不會感到難受。

「妳對於《原初之種》有什麼個人恩怨嗎？」

見到我保持緘默，高官艾絲朵爾又再次如此詢問。

「……誰曉得呢？我只是在基因層次上被賦予了打倒那傢伙的使命而已。」

為何會對於《原初之種》如此執著，老實講連我自己都難有答案。不過我的記憶缺少了某一年中幾個月份的內容。我認為那之中想必隱藏有什麼祕密，只是到目前為止，那段失去的記憶還沒有恢復的跡象。

即便如此，深植於我身體的本能依然記得敵人那危險的氣味。就這樣追查著《原初之種》的同時，我不知為何也反過來被各式各樣的組織追捕……或許因為如此，在所到之處解決了一樁又一樁的事件，結果我不知不覺間被賦予《調律者》的頭銜，正式受到任命負責打倒《原初之種》的工作。

「然後呢？今天究竟有何貴幹？」

我對艾絲朵爾這麼詢問，把對話拉回正題。畢竟在討伐《原初之種》的任務上，目前並沒有什麼特別的進展。再說，我也沒聽過自己有什麼義務必須報告任務進度。

甚至應該講，《調律者》和《聯邦政府》之間鮮少會有這樣直接聯絡的機會才對。即便是在《調律者》們集合召開的《聯邦會議》上，政府人員也很少露臉。我們《調律者》本來應該是這樣一個獨立的組織。

「嗯，關於這點，代號——希耶絲塔。」

結果艾絲朵爾頓時語氣嚴肅地又叫了我一聲之後……

「我想請妳到日本一趟。」

「……日本？為何是我？」

在那個亞洲的島國究竟有什麼？目前應該沒有接到什麼《原初之種（席德）》潛伏於那地區之類的情報才對。

「我希望《名偵探》去逮捕一個男人。」

艾絲朵爾這麼表示後，畫面上的影像忽然切換。

映出來的是一名頭髮捲翹、下巴蓄鬍，年約三十五到四十歲左右的男性照片。腳套髒皮鞋，身穿皺襯衫，一頂紳士帽戴得遮住上半臉，從帽簷下隱約露出的眼睛綻放著莫名愉悅的光彩。即使我嘗試回溯自己的記憶，依然對這男人沒有任何印象。

「——丹尼・布萊安特。」

艾絲朵爾將男人的照片留在畫面角落，自己重新回到影像中。

「這男人曾經是我方的人員，為政府效勞過，但現在被認為有間諜的嫌疑。大約一年前，他帶著關於我們《聯邦政府》的機密情報逃亡，而最後被人目擊的場所就在……」

「日本，是嗎？」

聽到我這麼問，艾絲朵爾輕輕點頭。

「沒錯，後來我們雖然花了一年的時間透過各種策略持續搜索，但目前依然得不到什麼線索。因此務必希望妳也把力量借給我們。」

原來如此，根據丹尼·布萊安特帶走的機密情報內容而定，這事態的確可能相當於我們《調律者》必須出面解決的《世界危機》。不過……

「一年前我被任命為《調律者》的時候有聽過，通常應該是一名《調律者》負責對應一項重大危機才對。」

這個世界同時面臨著無數的危機，而基本上《調律者》都是專門負責自己分配到的一項工作。雖然也有像《情報屋》之類為其他《調律者》提供協助的存在，不過那總括來講也算是專心負責一項工作。

然後我——也就是現任的《名偵探》被賦予的任務應該是破壞《原初之種》才對。但現在卻又分配給我另一項完全無關的使命……要我追捕逃亡到日本的間諜，而且竟然還是由政府提出要求，這樣沒問題嗎？

「所以說，這是我個人提出的委託。」

結果艾絲朵爾態度一轉，用彷彿面露笑容的聲音說道：

「**偵探希耶絲塔**，希望妳能接受我的委託。」

……原來如此。我對她這樣的手法不禁讚嘆。

這一年多來，我在追查《原初之種》下落的同時，也從事著不知道能否算普通的偵探工作。這應該也是我被指名為《名偵探》的主要原因。但話說回來……

「竟然必須仰賴像我這樣的小孩子，妳不會覺得丟臉嗎？」

我的年紀在某些國家甚至還是接受義務教育的階段。對於這樣一名**稚氣的少女**，這個老奸巨猾的高官究竟會咬住不放到什麼程度？

「妳說妳是小孩？以相當於一般人十倍的密度活過來的存在，並不能和普通的少年少女用相同尺度來度量吧？」

「就算妳講的是精神年齡上的意思，也不要擅自把我設定成年過百歲的老太婆好嗎？」

「總有一天妳也會明白，年齡增長是多麼美好的事情。」

由於發言人物怎麼也難以信任的緣故，讓我實在無法坦率接受她這主張。

如果同樣一句話是出自《情報屋》口中，我也許就會感到認同吧。我記得那個人活過的歲月是人類平均壽命的兩倍，而且這個世界上想必也充滿各種年紀還小的我看不見的景色吧。

「……知道了，我接受妳的委託。」

即使有些令人難以釋懷的部分，但既然是透過對偵探提出委託的形式，我也沒轍了。

而且尋人正是偵探的拿手領域。我立刻將丹尼的長相烙印到腦中。用不著對方特地把資料傳過來，這點程度的事情我也可以記得住。

「我就知道妳會這麼說。」

聽妳鬼扯。雖然有種好像被對方巧妙哄騙的感覺，但不管怎麼說，反正我剛好也有想去日本看看的念頭。或許這是個好機會吧。

「……為什麼我會想要去日本？」

我腦中不經意閃過這樣的疑問。總覺得自己好像一直以來都隱約抱著這樣的念頭，可是仔細想想卻沒有相對應的理由。為什麼我會對那個國家莫名感到懷念？

「我會為妳準備後天出發的機票。可以請妳在那之前打點好行李嗎？」

艾絲朵爾大概沒聽到我的自言自語，在畫面的另一頭敲打起鍵盤。

「不，訂明天最早的班機就行了。」

聽到我這麼表示，她暫時停下手。

「我的行李只有一個旅行箱。隨時都做好準備可以前往任何地方。」

「……那真是可靠。」

只不過，我今晚可能要去一趟倫敦的那座鐘塔。畢竟接下來要和住在那裡的學妹分開一段時間。現在這個時代，即便分隔兩地其實依然有很多聯絡手段，但我想還是最起碼辦個道別派對再走會比較好。雖然我覺得她應該會對我大哭一場。

不，那女孩搞不好早有預知到這樣的未來。但前提必須是如果我前往遠方這種事，對她來說堪稱為世界危機就是了。

「話說回來，可以問妳一件事嗎？」

我如此叫住畫面另一頭準備離開房間的政府高官。

「那個叫丹尼・布萊安特的男子究竟是帶著什麼樣的機密情報消失蹤影的？」

兩人之間頓時沉默了幾秒鐘。

會讓政府高官特地透過「個人請求」的手段搜索的間諜，究竟掌握了關於《聯邦政府》什麼樣的重大祕密？如今既然答應承接工作，我本來希望對方起碼會把這種程度的情報告訴我。但是……

「現在還不能透露，是嗎？」

艾絲朵爾的面具默然不語。

但是那樣的無言讓我得出了答案。

「那麼至少當我把他帶到這裡來的時候告訴我答案。」

這就當作是這樁委託的酬勞——我如此補充說道。

從工作的重大程度來想，這等要求應該還在容許範圍才對。

「妳果然一點都不是小孩子。」

艾絲朵爾冷笑一聲。

「不，本人還只是個喜好玩扮家家酒的孩童。」

故意用敬語回應的同時，我轉身準備離開房間。

「話說……」

我猜想高官應該還在背後的畫面中瞪著我，於是如此詢問：

「請問在密佐耶夫聯邦的生活如何呢？」

現場再度陷入沉默。對方沒有回答。

既然這樣，也沒必要繼續留在這裡了。於是我依然背對著畫面踏出步伐。

「當然，這裡的生活非常美好。」

結果對方朝著我的背……

「我希望有一天也可以招待妳過來呢。」

說出了這樣一句肯定不是真心話的發言。

後來我前去拜訪住在鐘塔的可愛學妹，告訴她我要暫時離開這個國家一段時間（不出所料哭了一場的她真的很可愛）之後，便回到租借的公寓房間收拾自己的行李。

由於這裡是原本就有附家具家電的房間，讓我很快辦完退租手續，接著只要把私人物品全部塞進旅行箱便準備完成了。明天早上要做的事情就是前往機場而已。

「這座城市的風景也暫時都欣賞不到了吧。」

我打開房間窗戶，望著皎潔的滿月照耀的街景，忍不住如此呢喃。雖然把寶貝學妹獨自留在這裡令人有些於心不忍……但不管怎麼說，考慮到今後如果要正式與《SPES》展開戰鬥，這趟名義上為派遣出差的旅行或許恰巧是個好機會吧。

「冷下來了。」

這個時期英國的夜風還很冷。於是我關起窗戶，拉上窗簾。

差不多也該就寢了。萬一大言不慚地說過自己隨時都做好準備結果卻沒趕上班機，會把名偵探的臉都丟光的。我想著這樣的事情，轉身走向床鋪——的瞬間，忽然感覺背後吹來一陣風。明明我剛剛才關上了窗戶才對。

「門窗要記得關好喔？夜晚可是有狼出沒的。」

看來是我忘了上鎖嗎？不，那種程度的東西在**他**面前想必一點效果都沒有吧。

我不禁嘆著氣繼續走向床鋪，鑽進被窩中。

「假裝沒聽到也太過分了吧。還是說，妳在暗示狼可以偷襲妳沒關係嗎？」

這男人還是老樣子，油嘴滑舌。

我只能無奈地撐起上半身，坐在床上對入侵者說道：

「你不是什麼狼人而是吸血鬼才對吧——史卡雷特。」

身著一襲白色西裝的那名男子站在幽暗的房間角落，背靠著牆壁。嘴角還沾有紅色的鮮血。

「嗯？哦哦，不好意思。但我可沒有殺掉任何人喔？」

史卡雷特注意到我的視線，立刻如此辯白並拿出手帕擦掉血漬。

「我只是請對方稍微分一點點血液給我罷了。要是連這樣都禁止，我可就沒辦法在這個世界生存啦。」

他表示「這也無可厚非吧？」向我說明自己的正當性。我知道他那樣的生活方式並非出於自願，再說我也沒資格判斷他那行為的是非。

「然後呢？你這麼晚來找我有什麼事？」

我輕輕打著呵欠如此詢問。

雖然說，他本來就只會在夜晚現身就是了。

「丈夫來拜訪妻子需要什麼理由嗎？」

又來了，就是這個。我和他初次見面是在一年前我首次參加《聯邦會議》的時候。以《調律者》來說遠比我資深的他自從在那次會議上見到我之後，有事沒事就會來找我講話，如今甚至像這樣完全變成了一個跟蹤狂。據說他現在是以倫敦為活動據點，但理由總不會是因為我在這裡吧？

「你現在幾歲了？小心被人叫作蘿莉控喔。」

再說，我根本還不到可以結婚的年齡。雖然這點可能要看各個國家的法律規定啦。

「看在吸血鬼眼中，人類全部都是小孩子啊。」

史卡雷特露出裝模作樣的笑臉。

他的老毛病就是明明一點也不帥氣，卻總喜歡像那樣露出做作的笑容。

「要當我的新娘，絕對條件是必須強大。而妳充分符合這項條件。」

是嗎？要說同為女性的《調律者》，風靡應該在我之上才對。

「如何？只要妳願意當我的女人，我就把世界的一半分給妳。」

「你RPG玩太多了啦。」

我這麼拒絕求婚後，史卡雷特又輕笑一聲走近窗邊。

接著……

「上頭那些傢伙似乎跟妳講了什麼話是吧？」

他語氣改變了。那應該是在講我今天和艾絲朵爾之間的那場面談。看來這才是他想講的正題。

「你難不成躲在影子裡偷聽？」

「哈！這身體可沒方便到那種程度。」

如果真的像幻想世界中的吸血鬼一樣能夠透過影子移動該有多輕鬆啊——史卡雷特說著，面露苦笑。他其實只是能夠讓別人看起來像那麼一回事而已，並非真的有辦法消失在影子中。

讓他重現那種能力的，是他平時收在身體中的一對翅膀。據說可以呈現幾億種不同明暗模式的那對翅膀，會透過曲折光線欺瞞別人的視覺，讓史卡雷特看起來有如從黑暗中忽然出現或消失。將吸血鬼這種非現實的存在創造出來的是科學力量。沒錯，讓他們這些吸血鬼誕生到世上的其實是——

「我們可不是那些傢伙的奴隸。」

在窺見夜景的窗邊，史卡雷特注視著我。

他口中的「那些傢伙」想必是指《聯邦政府》的高官們。雖然不曉得他當時是隔著一道門聽到聲音還是透過什麼方法竊聽的，不過他似乎對於我和艾絲朵爾之間的那段對話感到不太能接受的樣子。

「本來《聯邦政府》和《調律者》應當是彼此對等且互相獨立的組織。可是他們竟然對妳下命令，可見有什麼不可告人的內幕。」

……不對，與其說不能接受，他這態度應該是……

「如果那些傢伙透過什麼不當的方式逼迫妳服從，我就把他們——」

「不用擔心。」

我婉拒了史卡雷特恐怕準備講出口的提議。

「我是按照自己的意思接下這份工作的。身為一位偵探。」

並不是站在《名偵探》的立場。

「不管什麼時代，所謂的偵探都是這樣正經八百啊。」

史卡雷特做作地聳起肩膀。

只要看到那樣的動作，就會讓人覺得他其實跟人類也沒什麼差別。雖然我不曉得吸血鬼聽到這種感想會不會高興就是了。

「但妳也沒必要那麼勉強自己。反正所謂的正義使者除了我們《調律者》之外，在這世界上還多得是。就算有個人稍微偷懶一下也不會有什麼問題。」

看來史卡雷特並沒有正確理解我剛才那句話的意思。我會這麼想絕非因為自己是個《調律者》。我始終是按照自己個人的使命感在行動……不，就史卡雷特的想法來說，他大概是在告訴我同樣沒必要被那種正義感所束縛吧。但不管怎麼說……

「謝謝你為我擔心。」

聽到我這麼說，史卡雷特好像很驚訝地稍微睜大金色的眼睛，接著……

「要放走妳果然還是太浪費了。」

他彷彿感到惋惜什麼似地瞇起眼睛注視我。

雖然我從來都沒有落入過你手中就是了。

後來他又一如往常地浮現裝模作樣的笑容，伸出黑色的翅膀。

「你要走了？」

對於似乎已經把想說的話都說完的吸血鬼，我這麼叫了一聲。

「今天又要去殺掉同類嗎？」

那就是身為《調律者》、身為《吸血鬼》的史卡雷特被賦予的使命。

明明對於《聯邦政府》的人應該很反感的史卡雷特。

「沒錯，為了大義。」

明明那樣主張沒有必要被正義束縛的他。

為什麼會在大義的名分之下接受殺害同類的工作？

究竟又有多少人知道那個答案呢？

「你口中所謂的大義，實際上是為了誰存在的？」

吸血鬼巨大的背影如今什麼也不說。

然而曾經聽說過**他的計畫**的我，已經知道了幾件事情。

第一，保持活人的狀態並不能成為他所謂的《新娘》。

第二，他口中講的「把半個世界分給妳」絕非什麼妄言。

第三，在《聖典》中已經確定，他將來會成為《世界之敵》。

然後接下來是我的推測。

假設有一天我打倒了《原初之種（席德）》，到時候會賦予《名偵探》的下一道使命恐怕是——

「歪曲的世界軌道總有一天會被修正。」

史卡雷特接著把手放到窗戶上，最後轉回頭留下一句話：

「到時候消失的會是哪一邊。真希望心愛的新娘可以見證結果啊。」

◆四月二十六日　希耶絲塔

結束從英國出發的空中之旅，抵達機場入境大廳的我首先必須做的事情，就是拖著行李箱不斷應對電話。

「知道了……嗯。嗯，那麼就直接把出租店面租下來吧。」

約十二小時的飛行結束後，等待我的工作是一通一通回撥這段期間累積下來的未接來電。不過現在這就是最後一通了。由於我想接下來應該會逗留日本一段期間，所以在這裡準備了一個住處。

「——到日本了。」

通完電話，機場的吵雜聲這才進入我的耳中。

想當然，那些聲音全部都是日文。不知道為什麼，我莫名有種懷念的感覺。以前我的確也來過日本幾次，但是有什麼印象深刻到足以令人湧現鄉愁的回憶嗎？

正當我心不在焉地想著這種事情時……

「哇噗！」

哇噗？

我把視線往下移，發現在我腹部的高度有個小女孩的臉蛋。

看來她剛才到處亂跑結果順勢撞上了我。

「妳還好嗎？沒事喔。不痛，不痛。」

我搶在對方回應之前就這麼說著，並且配合她的視線高度蹲低身子。

這女孩大概五歲左右。看起來應該像麻糬般柔軟的臉頰泛紅著，讓我立刻知道她應該會哭出來。

「……爸爸，不見了。」

原來如此，是走失兒童。所以她才會著急地到處跑吧。

而且她的聲音也有點沙啞，總覺得直接把她帶去服務臺莫名讓人有種於心不忍的感覺。

「和姊姊過來這邊吧。」

機場大廳人多嘈雜，於是我牽著少女的手讓她坐到一旁的空椅子上，並且從自動販賣機買來一罐飲料交給她。結果她頓時眼神閃閃發亮，用雙手握著罐子大口喝了起來。或許口渴的關係吧，可以聽到她喉嚨發出咕嚕咕嚕的聲響。

好喝嗎？──正當我想開口這麼問她的時候忽然注意到，我從剛才就很自然地用日文在講話……對了，印象中我以前也會像這樣用日文和朋友講話。或許就是因為這樣，我才會對日本這個國家感到懷念吧。

「……朋友？」

講日文的、朋友。

那究竟是誰？

我有那樣的朋友嗎？

「姊姊？妳還好嗎？沒事喔。」

女孩子感到奇怪地歪著小腦袋注視我。

唉，居然讓一個迷路的小女孩反過來擔心我，也太沒出息了。

「妳是在什麼地方跟爸爸走散的呢？」

我為了不要讓對方感覺自己遭到質問，盡可能用柔和的語氣如此問道。

「禮品店附近。爸爸每次都一下子就不曉得跑到哪裡去。」

結果少女始終主張走失的不是自己，而是父親。

「我問過店裡的人，他們說爸爸連錢包都放在櫃檯就不見了。」

看來她依然堅持要以父親走失的前提講下去的樣子。

不過女孩接著拿出的皮包中有一張寫了應該是住址與電話號碼的紙條。真是用心的父親。既然如此，只要撥電話給紙條上寫的號碼應該就能解決問題了。於是我拿出自己的手機，然而……

「打不通呢。」

大概因為正在著急尋找女兒，沒有注意到來電鈴聲吧。

真希望全人類都獲得心電感應能力的時代快點到來呀。

「真不曉得爸爸有沒有事。」

女孩臉上又開始浮現不安的神情。

她的嘴角沾有巧克力，手上還有點心的包裝袋。應該是在試吃或購買伴手禮的時候跟父親走散的。

「我們去禮品店找找看吧。」

就在我這麼牽著少女的手起身的時候……

「啊，媽媽！」

少女放開我的手，奔向一名女性面前。原來如此，跟她一起來的人不是只有父親，也有母親呀。

看來這次沒有偵探出場的份了。不過這樣其實也好。於是我鬆了一口氣，準備轉身離開。

「找到爸爸囉。」

然而那位母親的發言讓我頓時僵住腳步。回頭一看，一名看起來還年約四十歲左右的男性面露苦笑說著「對不起，給妳們添麻煩了」，並加入那對母女的對話。

——年輕型失智症。

走失的人真的不是那位少女，而是父親。然後應該是那位母親在哪裡找到他並且把他帶回來的吧。

也就是說，剛才裝在錢包裡那張寫有住址與電話號碼的紙條，恐怕也是為了當失智症患者走失時可以應對的預防措施。剛才只因為是年幼兒童講的話，我就擅自套用自己的常識建構故事了。

「這種表現，以偵探來說不及格呢。」

我對自己做出不合格的評分。

還不行。距離完美無缺還太遙遠了。這雙手還不足夠把快要墜落懸崖的委託人拉上來，這對眼睛還看不見受困在瓦礫堆下痛苦難過的人們。

現在的我必要的能力，想必是對常識抱持懷疑。

不，正因為是常識，所以才難以產生懷疑的念頭吧。

那麼究竟該怎麼做才好？就是思考。思考，再思考。建立假說，付諸實行，肯定還會再失敗個一次，然後才總算得到答案。像這樣日復一日，讓自己更新升級，成為一名能夠守護委託人利益，實現委託人心願的偵探。

「做好自己現在應該做的事吧。」

目送那個家族離開後，我再度拿出自己的手機。

來到日本的我被賦予的工作，是搜索並逮捕一年前下落不明的一位名叫丹尼．布萊安特的男子。

然而就現況來說，我連一點線索都沒有。首先來創造一個獲得線索的契機吧。我如此決定後，打電話給某位認識的人物。

「喂？要不要現在一起去喝個茶呢？」

過了一個小時後。

我搭計程車抵達下一個目的地，很快和剛才打電話的對象會合了。接著兩人便感情融洽地辦起一場茶會……本來的預定應該是這樣才對。

「虧妳能夠若無其事地出現在我面前呀。」

但這裡是警察局的會客室。坐在我對面的茶會對象，極為不悅地用手指敲了好幾下桌面。

「別說那麼冷淡的話嘛。我們感情不是很好嗎？」

「是啦，好到以前還互相廝殺過。」

結果對方——這位紅髮的女刑警突然拔出手槍對準我。

不論現在還是以前，感覺會被殺掉的都只有我呀。

「妳要拔槍也稍微考慮一下場所比較好吧？」

「很幸運的是，這房間裡沒有裝監視攝影機。」

「槍聲還是會被聽到喔。」

「我有裝滅音器，沒問題。」

「把公家配發的槍枝擅自改造已經是大問題了吧？」

結果對方依舊眼神很不爽地用力把身體靠到沙發背上。

這位言行舉止怎麼看都難以想像是個警察的女性——名叫加瀨風靡。

她表面上的身分的確是日本的女性警察沒錯，不過她同時擁有另一個檯面下的身分是活躍於世界各地的《暗殺者》。加瀨風靡和我同樣是《調律者》之一。

她身為《暗殺者》的工作主要是按照《聯邦政府》的指令暗殺目標，而曾經就是那個目標的我，以前經歷過一段被她到處追殺的日子。

我個人是覺得彼此已經可以把過去那些恩怨都忘得一乾二淨，身為相同立場的存在今後應該能夠攜手合作、友善相處的。然而風靡似乎至今依然對我心懷鬼胎的樣子。

「到頭來妳不但逃離我手中，如今甚至也成為了《調律者》之一。上頭的傢伙到底在想什麼？」

她不滿的情緒接著又指向另一個目標。本來下令暗殺我的政府人員，後來卻又態度一轉把我納入旗下——這點似乎讓風靡感到難以接受，態度氣憤地點燃一根雪茄。

「我倒想反過來問妳是怎麼讓心境上達成妥協的？妳現在可是被曾經盯上自己性命的傢伙們肆意使喚喔？」

原來如此。的確啦，如果只把那部分斷章取義來看，或許會感覺我是個非常好騙、好利用的女人。不過……

「把我曾經像那樣被政府盯上性命的事實也納入思考，其實讓我對於自己一直苦思的某項問題建立了一項很重大的假說。」

聽到我這麼說，風靡似乎為了推測這段發言的意圖而目不轉睛地注視我。

「當初被你們盯上性命的時候，我正以個人身分在追查《原初之種（席德）》。這對於

世界來說應該也是正義的行為才對，可是身為正義象徵的你們卻要殺掉我，讓我感到非常難以理解。」

我是說最初啦——如此補充說道後，我喝了一口紅茶滋潤喉嚨。

「但仔細思考後，我便推測出是否自己存活下去可能反而會對《原初之種》形成利益——對，我是讓《原初之種》繼續存活的容器。所以你們才會在我真的成為容器之前試圖把我殺掉。」

我的記憶中欠缺了幾個月份的內容。那恐怕是我與《原初之種》一起在某座可能是那群人建造的設施中生活過的記憶。然而被風靡他們盯上性命之後，我才第一次注意到自己是被當成《原初之種》的容器受到培育的可能性。

「因此我其實反而很感謝你們。多虧你們差點把我抹消，讓我推理出自己究竟是什麼樣的存在。」

然後《聯邦政府》試圖透過殺害我，間接導致《原初之種》枯死……可是我卻意外地一次又一次從《暗殺者》手中逃脫，因此他們才決定乾脆讓我加入《調律者》的行列，賦予我討伐《原初之種》的使命。這樣歸納就能知道，他們的想法其實並不矛盾。

「還真是成熟的思考方式。」

風靡一臉無趣地從口中吐出白煙。

那麼接下來跟她講講小孩子的胡言亂語吧。

「只不過有件事讓我感到在意。」

我這麼一說，風靡就把視線轉過來。

「上頭的人因為知道我是《原初之種（席德）》的容器，所以對妳下達暗殺指令。那麼他們究竟是如何得知這件事實的呢？」

舉例來說，可能是藉由據說能夠預言各種世界威脅的巫女的《聖典》。但我聽過那東西應該即便是政府人員也無法輕易閱覽才對。

而且上次艾絲朵爾的態度看起來似乎不曉得我和《原初之種》究竟有什麼恩怨的樣子，那會不會只是演技？或者單純是她也還沒有被什麼人告知真相而已？

「妳難不成想叫我去調查那些事情？」

今天來找我是為了這個目的嗎——風靡說著，明顯露出一臉嫌麻煩的表情。

「不，至少我很清楚現在並不是去執著那種問題的時候。」

我的大目標終究是打倒《原初之種》。

而說到近期的工作就是……

「——丹尼・布萊安特。」

聽到我說出這個名字，風靡一瞬間停下動作，接著在菸灰缸中揉熄雪茄。

「妳知道關於他的事情嗎？」

即使我認為沒有必要特地確認這點，但還是如此詢問。

據說一年前突然在日本失蹤的《聯邦政府》前專屬間諜。

我不認為在日本當警察而且又是《調律者》的風靡會不曉得這號人物。

「妳也被迫接下了這樁麻煩事呀。」

風靡說著，深深嘆一口氣。

「也就是說，妳之前也一樣？」

「是沒錯，但我跟他們講我很忙，所以中途把案子扔回去了。」

「……原來如此，結果那案子現在就落到我手上。」

看來這個人就是害我必須千里迢迢到日本出差的遠因。

「關於丹尼·布萊安特，妳知道些什麼？」

既然是前任負責人，應該最起碼掌握了一些情報才對。

「那傢伙大約三年前來到日本，然後在一年前左右消失了蹤影。」

「那段期間的動向呢？不是指間諜工作，我是說他表面上的身分。」

「好像在做類似私家偵探的工作。」

就跟妳一樣——風靡輕笑一聲。

也就是說他從事偵探工作的同時，背地裡在政府僱用下也在從事某種活動。

而他來到日本應該也是為了那個檯面下的工作吧。關於這部分恐怕是機密情報，就算去問艾絲朵爾大概也得不到答案。

「他似乎也沒有固定的辦公室，究竟透過什麼方式承接委託則是不明。」

「那住處呢？再怎麼說總該有個睡覺的地方吧？」

雖然嘴上這麼說，但其實我自己也經常居無定所就是了。

「那傢伙看起來是自由隨興到處周遊的樣子。若只論他曾經逗留過的痕跡，日本全國各地可以找到很多處。如今那些地方全都人去樓空，而在這座城市也有他逗留過的紀錄。」

風靡拿出一臺筆記型電腦，調出丹尼・布萊安特即便只是暫時性但最起碼有準備過住處的地點列表給我看。範圍南至沖繩，最北或許該說理所當然直到北海道。至少他在日本的那兩年中，完全沒有居住在固定場所的跡象。

的確，丹尼・布萊安特不論檯面上的職業或檯面下的身分，想必都需要講究那樣的通融彈性。邋遢的鬍鬚、皺塌的襯衫、鬆垮的領帶，但眼神中卻莫名綻放愉悅的光彩。他本身在個性上應該也是個相當自由奔放的人物。即便沒有真的見過面，我還是在腦中列出了目標人物的基本資料。

「──不，這些都只是常識。」

我立刻搖搖頭。

不能被常識局限思考。

他是個不注重儀容打扮、沒有固定住處、職業也不詳的自由人。但即便如此，也不一定表示那些就是他的本質。**他只是故意讓別人這麼想**的可能性也充分存在。然後……那樣看似個自由人的他，也不一定真的就是單身。

「丹尼．布萊安特有家人嗎？」

因為是間諜，因為沒有特定住所——光透過這些情報就斷定他沒有家族還言之過早。

「就我所知，這男人居住在日本的那段期間並沒有可依的親人。」

不過——風靡說著，不知為何露出她今天看起來最感到可恨的表情，提起了據說被丹尼看上眼的**某位少年**：

「丹尼．布萊安特以前在這座城市，似乎和某位問題兒童一起生活過的樣子。我自己本身現在也不曉得被那小鬼惹過多少麻煩事……反正機會難得，妳也好好記住吧。那個教人火大的臭小鬼名叫——」

◇四月二十七日　君塚君彥

這天，我一如往常被捲入了一場飛車追逐之中。

「嗚喔……！」

雖然說是一如往常，就算在經驗上已經是習以為常的事情，身體是否能夠跟得上這個狀況又是兩回事了。

現在的情景簡直有如動作片中的一個橋段。

在一輛擋風玻璃早已破損的跑車中，我坐在副駕駛座緊抓著車頂把手，忍受激烈的搖盪。

「哈哈！其他車子看起來就像停在那裡啊。這就是所謂的神馳狀態嗎？」

然而即使在這樣的狀況中，還是有個完全不會看氣氛的傢伙。坐在我旁邊握著方向盤的這個男人一邊拉開與追逐對手的距離，一邊愉快大笑。

「那是他們被逆向行駛的我們嚇得停下車子了啦！」

無視紅綠燈又超速。

雖然沒有撞到人，但我們這臺只能說是失控車輛的車子，正以嚇人的速度急馳在大馬路上。

「逆向？在我出生的國家車子本來就要靠右邊走啊。」

「這裡是日本！拜託你差不多也該記住這——」

就在這瞬間，車體猛然切換方向衝到對向車道。

「嗚！你害我差點咬到舌頭了！」

「哈哈，是嗎！那麼下次為了預防這種狀況，你也準備好兩片舌頭（註2）吧。」

「我覺得你先改掉那種愛耍嘴皮的毛病比較好吧，丹尼！」

我用埋怨的眼神看向駕駛座。

這男人名叫丹尼・布萊安特。

是幾年前某一天突然現身自稱是我親戚的身分保證人。

他當時忽然把我從兒童保育設施領養出來，讓我住進掛在他名義下的一間公寓，但他本人卻經常外出不知跑到哪裡去。每個月只會回家一、兩次，而且總是買些奇奇怪怪的紀念品回來，可說是個充滿謎團的流浪人。除了來自美國、年近四十以外，關於他的事情我什麼都不知道。

至於那樣的丹尼從事的職業，這同樣也只是他自稱——萬事屋。守備範圍從幫忙鄰居尋找失蹤貓咪，乃至解決警方放棄調查的殺人懸案。雖然我不曉得其中究竟有幾分真實，不過他的原則似乎是只要誰有需要，不管在哪裡都會前去幫忙，不管什麼工作都會做的樣子。也因為這樣，他在日本各地，不，世界各地擁有好幾間房子，其中一間就是我現在住的地方。

我不清楚他到底是為了什麼目的接近我，但我還是為了活下去而利用丹尼・布

註2　雙關語。日文中「二枚舌」意指「見人說人話，見鬼說鬼話」。

萊安特，藉由偶爾幫忙他帶回來的工作賺取自己的生活費。

只不過，我對於他同樣抱有很大的不滿。例如夏天他會把我帶到無人島上，滔滔不絕地對我講述野外求生的蘊奧之處。冬天則是帶著我爬雪山，讓我親身體認人類的渺小。而且他總愛發表一堆類似人生哲學的東西，但老實講我一點都無法產生共鳴。一切原因都要歸咎於丹尼・布萊安特這個男人粗枝大葉的個性與形跡可疑的特質。

「受不了，那些傢伙也太纏人了吧。」

丹尼透過後照鏡確認追捕著我們的對手，並拿出打火機點燃香菸。

「明明囤積了那麼多財產，我只是稍微動用一點點居然就派出整個錢莊的人追殺。」

到底是閒著沒事做還是死要錢啊——丹尼說著，嘆了一口氣。

「我覺得偷人東西的一方也沒資格講那種話就是了。」

「哈哈！我只是接到重新分配財產的委託而已啦。」

我們現在被好幾臺黑色轎車追殺的理由——簡單來講就是丹尼偷走了他們的錢。話雖如此，但他的目的並不是貪圖私利。正在追我們的那群傢伙是俗稱的地下錢莊，而被那群人騙錢的受害者委託丹尼，請他把那些錢搶回來。如果要總結得好聽一點，或許可以說丹尼是現代版的義賊鼠小僧。然而……

「就算要把錢拿回來，難道就沒有比較聰明的做法嗎？例如偷偷轉開保險櫃的轉盤鎖再回收裡面的東西之類的……」

實際上這次的做法是讓我偽裝身分，扮成客人光顧那間地下錢莊。然後就在對方要從保險櫃拿錢的時候，丹尼張開煙霧入侵金庫，把那些錢搶了出來。

「不管過程如何，反正都有打開保險櫃，那不就好了？」

重要的是裡面的東西和結果啊——丹尼說著大笑起來。

「解決問題的關鍵，在大多數狀況中都不是掌握在自己手上啦。」

「真是個在關鍵部分都依靠他人的男人。」

「哈哈，我只是信任別人罷了。」

……唉，他又這樣隨便下結論。

然而他那麼做的結果，就是這場已經持續了一個小時以上的飛車追逐。總是在各種地方與人結怨的丹尼經常會像這樣遭到什麼人追殺，而我也老是會被捲入其中。

「會被人追捕，就代表自己是個值得人家追捕的人物啊。」

然而丹尼卻莫名其妙感到很自豪地用手指摸著鬍子，咧嘴一笑。

「太膚淺了。你這句名言比柏油路上的水灘還要膚淺。」

「哈哈！反正終究只是話語。就算有什麼比無底沼澤還要深奧的名言，被那種話語束縛得什麼事都沒辦法做才叫真的愚蠢啦。」

人講出來的話語可別隨便信任——丹尼說著這樣絲毫不加以修飾的發言。這男人還是老樣子，總是愛講一堆聽起來煞有其事的大道理。

「你這傢伙真的很不愛笑耶。」

始終面朝前方握著方向盤的他，忽然對我說出這樣一句怨言。

「你從以前到現在有真的笑過一次嗎？」

「少管我。這就是我的基本表情啦。」

「哈！那只是你自己那樣想而已吧？」

丹尼把方向盤一切，讓車子從大道轉進岔路。

「人根本很難知道真正的自己是怎樣，搞不好你其實是個會笑得更親切的小鬼喔。」

誰曉得？我喜歡的幫派電影中常見的黑色幽默對話，我倒是不管看幾次都會捧腹大笑就是了。

「只要我還繼續受你拖累，被你耍得團團轉，我的表情就頂多只會苦笑啦。」

「哈哈，真是不可愛的徒弟！」

「你說誰什麼時候當你的徒弟了？」

「嗯？哦哦，對了。應該說兒子？」

「那更不可能。難道你要說我的本名是君塚・布萊安特・君彥嗎？」

我這張天生黑髮的日本臉，不管怎麼看都跟這個形跡可疑的大叔一點都不像。

說真的，他為什麼要自稱是我親戚啦？

「我們之間的確沒有血緣關係，但我可是你精神上的父親……呃～不，果然還是叫《師父》比較帥氣嗎？」

丹尼說著，開懷大笑起來。

悠哉無慮是好事啦，但照這樣子有辦法甩掉追兵嗎？

「放心吧，你現在有我跟著。」

丹尼就像要一掃我心中的不安似地對我亮出皓齒。

我是不是應該跟他說：就是因為跟你在一起才讓我很不安啊。

「我跟你講，小鬼。你仔細聽好。」

然而丹尼卻不等我開口吐槽，單手扶著方向盤用平靜的口吻說道：

「你今後想必還會遇上各式各樣的敵人。幫派分子、間諜、教人作嘔的罪犯甚至難以想像的巨大邪惡。」

「什麼敵人，照你這樣講，我往後的人生到底會變成什麼鬼樣子？」

「你光是現在這個年紀就已經如此囉，這種飛車動作片根本只是小事一樁。」

那可真是前途堪憂──我說著，臉上浮現招牌苦笑。

不管怎樣，也沒必要在生日快到的時候讓我被捲入這樣的事件中吧。

「不過，你放心吧。」

丹尼又再度強調跟剛才同樣一句話。

「今後當你被捲入各式各樣的事件、遭遇各式各樣的敵人、面臨各式各樣的危機時，肯定會有人現身陪伴在你身邊。這是已經決定下來的事情。」

後來我們好不容易脫離了險境，現在丹尼的車子正停在一間房子旁的道路上。

「這就是委託人的家嗎……」

我透過副駕駛座的車窗望著那棟老屋子。

丹尼從地下錢莊回收的錢，似乎有一部分原本是住在這裡的家族長久以來支付的利息。錢莊透過違法利率從這家族剝削的金額高達三百萬，而丹尼從錢莊偷出來的那筆錢現在就裝在車後座的一個手提箱中。

當然，這種金錢遊戲不管形容得再好聽都依然是犯罪，只要被抓到就會當場完蛋。至少絕對不能讓委託人與丹尼之間的關係曝光。被黑道或警察抓的工作只要交給自己一個人承擔就好——這是丹尼經常掛在嘴上的話。雖然據他本人說，他至今一次都沒被抓過就是了。

「我倒希望別把我當成替死鬼啊……」

我坐在副駕駛座小聲埋怨。

至今我也遇過好幾次當我自己一個人的時候，被追殺丹尼的敵人盯上的經驗。這次我也不禁擔心是否會變成那樣，而把視線轉向駕駛座。

但是——

「安靜。」

丹尼臉上帶著一反往常的嚴肅表情如此說道。

於是我趕緊豎耳傾聽，發現好像從遠方傳來什麼聲音。

——是那間屋子。有女性憤怒大叫的尖銳聲音，以及摔破碗盤的聲響。稍遲一拍後，還有小孩子哭泣的聲音。

「家中鬧不和啊。」

我立刻明白這點。既然是個經濟上有困難的家庭，會變成這樣也不奇怪。

像我以前住的那間設施，也經常收留一些從那種境遇中受到隔離保護的小孩。

「明明還是大白天卻窗簾緊閉。大概是有什麼不想被外人看到的東西。」

坐在旁邊的丹尼分析著現在那個家庭中發生的狀況。

「庭院也完全沒有整理，證明這個家的人無論在時間或心情上都缺乏餘裕。父母如果處於那樣的狀態，情緒發洩的標的就會是——」

答案不言而喻。

因此我準備接著問丹尼「接下來要怎麼做？」的時候，卻忍不住被嚇到。

坐在旁邊的他，側臉看起來靜靜充滿憤怒。

「小孩子無法選擇自己的父母。」

丹尼這麼說著，彷彿在瞪什麼人似地瞇起眼睛。

「而對於小孩子來說，他們只有父母。」

可是——丹尼如此呢喃，在已經停下的車中用力緊握方向盤。

乍聽之下很單純的這句話，仔細想想其實講述著真理。父母在經營社交生活上擁有除了家庭以外的世界，參與在其他的人際關係之中。

然而剛出生不久的小孩子只有父母，只能看著父母的背影成長。小孩子們……**我們**能夠依靠的對象，只有自己的父母。

「可是我卻——」

丹尼的雙眼注視著遠方。

他偶爾——真的只是偶爾——會露出這樣的眼神。

不過他從來沒有告訴過我其中的理由。

「怎麼辦？要聯絡警察嗎？」

既然如此，我只能做自己現在能做的事情。

於是我拿出手機。只要打給我熟悉的那個派出所應該就比較好講話吧。

「不，就算警察來了，也是治標不治本。而且不管什麼時候，能夠解決問題的終究是**這個**啊。」

丹尼大概是心情稍微鎮定下來了，或者可能是感到放棄了吧。他用手指比出代表錢幣的手勢，臉上浮現領悟世間道理似的苦笑。然後……

「怎樣？我看起來像不像個律師？」

他摸一摸自己下巴的鬍鬚，透過後照鏡整理自己的儀容。看來他打算以律師的身分將回收的錢遞交給對方的樣子。

「如果說是萬年虧錢的律師事務所所長，或許勉強有人會相信吧。」

若他想要讓自己看起來像個正常的律師，首先應該要從擦亮皮鞋、換一套新西裝開始做起。

「不過，把這些錢交給對方真的沒關係嗎？要是被抓到蹤跡，讓錢莊的傢伙們找上這個家怎麼辦？」

到時候本來就家庭失和的這個家究竟會變成怎樣……我認為這樣的負面想像絕不是什麼杞人憂天。

「哦哦，關於這個問題嘛，接下來一段期間都會有人監視這個家的狀況，所以不用擔心。」

丹尼說著，指向車外。結果我看到剛好有一名身著深色西裝的年輕男子經過那棟房子門前。

「每個小時經過這個家門前的行人A，那就是**他們**這次的工作。」

丹尼解說著讓人聽不太懂的內容，同時伸手抓起放在後座的手提箱。

「而且現在的首要工作，是解決正發生在我們眼前的吵架啊。」

他說著，把手伸向車門……

「前途無量的小孩子們的生命必須優先於一切問題。」

把上半身轉過來的他，對我露出若有深意的笑臉。

「那我呢？」

這次因為你接下的這份工作，搞不好會讓還是小孩子的我今後被地下錢莊的人追殺喔？

「哈哈，你就當作是我信任你的證明吧。你不會那麼輕易就死的。」

丹尼講著這種隨便敷衍的話，開門下車了。

是啊，多虧你那樣的信任，讓我總是自己一個人過得很自由啦。

◆四月二十八日　希耶絲塔

「嗯，效果超乎預期呢。」

我將今天早上送達的某件物品裝備起來後，站在洗手臺的鏡子前看著自己的臉，忍不住讚嘆。

已經瞧了十年以上的這張臉，沒想到不需要透過任何整形手術竟然就能變得如此判若兩人。現在的我不管看在誰眼中，應該都是個二十多歲快三十的日本女性。只要再把平常穿的連身裙換成別的服裝，恐怕連熟人都會認不出是我吧。

「不愧是《**發明家**》，成果真是令人滿意。」

我用指尖輕撫自己的臉……不，應該說是附著在肌膚表面的**變裝面具**。

完全服貼整張臉甚至讓人沒有穿戴感的這東西，簡直有如在臉上施加了電影的特效化妝一樣。

現在身為偵探的我被賦予的任務，是在這個異國之地搜索逃亡中的間諜。既然如此，對偵探來說的基本原則就是必須隱密行動，因此我才會拜託熟人幫忙準備了這個面具。

至今為止《發明家》也幫我製作過幾樣方便的道具，這下乾脆像個真的偵探一樣湊齊七種道具，或許也是個不錯的主意。

「其他還需要什麼呢？果然不能少了槍吧。」

但如果只是普通的槍就沒意義了。外觀最好也要比我現在用的東西還要帥氣。性能上只要交給《發明家》，應該就不會造出什麼太奇怪的玩意。

「身高用隱形增高鞋有沒有辦法瞞混過去呢？」

雖然靠這面具沒辦法連身材都改變，不過剩下的部分只要用些小道具掩飾應該就行了。聲音則是透過變聲器就能盡情改變。這下總算可以正式開始工作了。於是我愉快地離開洗手臺前，回到**店面**。

「好像收集得也太隨便了一點。」

在這間面積不算大的老舊店內，到處擺滿了我這幾天收集來的各種藝術品與古董。之所以這麼做，是因為我得到一項情報顯示我在搜索的目標——丹尼・布萊安特不知是個人興趣或什麼原因，經常會蒐集這類的東西。

當然這只是有做總比沒做好的程度而已，我也不是真的期待只要自己喬裝成一名古董店的店長，他就會現身在我面前。即便如此，藉由讓自己盡量貼近目標，應該還是可以看出什麼景象。同樣基於這個想法，我才會決定住在日本的這段期間，要在這座據說丹尼・布萊安特曾經生活過的城市租借一間店面，暫時把這裡當成自己的活動據點。

「好啦，接下來該怎麼做？」

這幾天下來，我所做的事情，終究只是最起碼的事前準備而已。正式的調查工作從現在才要開始。我想首先還是應該從上次風靡提到的那位名叫君塚君彥（Kimizuka Kimihiko）的少年著手吧。

據說那位丹尼・布萊安特曾經關照過的少年K不知該不該說是巧合，現在也依然住在這座城市的樣子。於是我為了再度探聽關於少年K的情報，打電話給風靡。

「喂？關於妳上次提過那位體質上容易被捲入事件的少年……」

『我在忙，掛了。』

結果電話才接通三秒，就被對方用不愉快的聲音掛斷了。

但緊接著對方又馬上打回來。

『不准再跟我提到那傢伙的事情。』

「被妳講成這種地步，反而讓我更有興趣了呢。」

我甚至希望今天就能馬上見到他。

『哈！如果想見到那臭小鬼，妳根本不用特地去找他，只要在街上走走自然就會遇上啦。』

這恐怕是指風靡上次也講過的事情。據說那位少年K具有**容易被捲入各種事件的體質**。換言之，只要在發生事件的場所就必定能看到少年K。

話雖如此，但是會那麼恰巧有事件發生在這座城市嗎？正當我這麼想的時候，風靡大概察覺我的疑惑而嘆著氣說了一句『要找事件的話，可是多到讓人連睡覺的時間都沒有。』並列舉出幾件她手頭上正在處理的案件給我聽。

『就是這樣，我現在忙得很。剩下的事情妳就自己去親眼見證吧。』

她說著，語氣疲憊地掛斷電話。

究竟是幹過什麼事情，會被警察討厭到這種地步？我對於那位素昧平生的少年K終究還是湧起興趣的同時，忍不住苦笑。

不過既然沒辦法繼續靠正牌警察幫忙——

「那就只好靠假貨了。」

後來過了一個小時。

「嗯，果然進行得很順利。」

在市政廳很快就查出少年K現在住處的我，心情愉悅地走在路上。

結果有一名中年婦女與我擦身而過的同時，忽然對我慰勞一句：「辛苦您了。」會這樣的理由只有一個，就是我的打扮。現在的我不管怎麼看都是一名**女警**。我不但用那個變裝面具改變了自己的長相，平常為了潛入各種場所搜查而收集的服裝也在這時派上了用場。

我的作戰計畫相當單純，就是假扮成警察來到市政廳，說明是為了搜查而問出關於少年K的個人情報。這時候派上用場的還有一個證件。這是由《聯邦政府》發行的東西，能夠賦予我各式各樣的資格。例如進入一般民眾無法進入的區域，或是順利獲得公家機關提供情報等等。如果想要以最短路徑完成偵探的工作，這堪稱是不可或缺的道具。

「那麼其實根本沒有必要角色扮演成警察嗎？」

這是一種養眼福利啦——我對虛構的提問如此回答，同時抵達目的地的公寓。

接著走上生鏽的樓梯，在聽說是少年K居住的房間門前按下門鈴……但是沒有回應。

「嗯，想當然門也鎖著呢。」

我姑且嘗試轉動門把，但果然打不開門。房間的電度表只有緩慢轉動，可見也不是故意假裝不在家。不過信箱並沒有塞滿傳單，因此可以推測住戶應該有定期回家。

「對了，是去上學呀。」

今天是平日。由於我自己沒有就讀學校，結果不小心忘了這點。既然如此，到這個學區的學校去找人應該比較快……不，既然都到這裡來了，總覺得直接離開也很浪費。身為偵探，應該讓所有行動都具備意義才行。

閱讀懸疑小說的時候，途中若有深意地登場的人物或道具，卻直到結局都沒有被回收伏筆就會讓人感到不太舒暢。同樣的道理，我希望對自己的所有行動都負起責任，讓它們具備某種意義。對，因為我是個偵探。

「所以說，讓我打擾一下囉。」

我利用一把**特殊的鑰匙**，光明正大地入侵少年K的家。

這把鑰匙是我剛就任《名偵探》的時候，《發明家》交給我的萬能鑰匙。據說除非是電子鎖，否則沒有任何一扇門是這把鑰匙打不開的。在習慣上似乎代代的《名偵探》都會獲得這把鑰匙的樣子。

「從這裡開始就是偵探的工作了。」

例如《名偵探》或《暗殺者》等職位，是在其他《調律者》的協助下親自站上前線的存在。我們就是在這樣的分工合作下進行活動。雖然說現在我準備要做的，並不是那麼大規模的事情就是了。

如此這般，我趁著主人不在家，進入房間試著尋找丹尼·布萊安特留下的痕跡。

廚房有沒有洗的杯子，微波爐上面剩下兩片吐司。起居室有脫下來丟在一旁的居家服。房間中充滿生活感，可見這裡果然平常都有住人，只是現在暫時出門而已。

另外還有一點令人在意的是——這間面積不算大的起居室中到處都是古董和旅遊紀念品。像裝飾在櫃子上的這個木雕熊，我想肯定不是少年K的興趣吧。難不成丹尼·布萊安特現在還住在這裡嗎？若真如此，我認為風靡不可能沒有發現這點才對……

不過既然有這些東西擺放在這裡，至少可以證明那個男人曾經存在。我這麼想著，重新仔細觀察房間各處。只要能找出什麼空酒罐或菸蒂之類的東西，除非少年K是個不良少年，否則就能當成丹尼・布萊安特現在還住在這裡的證據了……然而我即使翻過垃圾桶也沒有找到這類的東西。

順道一提，從壁櫥中倒是找出了刊登有大量泳裝女性照片的雜誌，但我覺得這應該是少年K的私人物品，因此幫他整齊放回書架上。

「再找下去應該也沒東西吧。」

於是乎，我沒有得到證物。

那麼接下來要調查的就是證言了。

我如此判斷後離開房間，這次真的動身前往少年K的地方。

「既然住處在這裡，表示……」

雖然我不曉得少年K就讀的中學是私立還是公立，但總之就從距離最近的學校開始依序調查吧。只要有這套制服和這個證件，探聽情報的效率應該會很好才對。

——就在我想著這種事情並前往最近的一間中學的途中，**事件**發生了。

「哇、喔！」

從一棟住商大樓中忽然闖出一道人影，差點跟我相撞。

是一名年輕男子。身著花俏的西裝，理一個大光頭。從打開的胸襟可以看到衣服底下的身體有刺青。這類型的人物只要見到像我這樣的警察，通常都會把視線別開。可是——

「妳是警察嗎!?裡頭有人掛啦！」

出乎預料的，這男人卻向我求助起來。他睜大眼睛，用發抖的手指向住商大樓的一間窗簾敞開的房間。看來事件應該發生在三樓。

於是我不等男子幫忙帶路，便逕自衝入大樓。然後兩階併成一階奔上樓梯，打開一間看起來像貸款公司的店門。

「——！」

在房間深處有一名身高約一百九十公分的大塊頭男子倒在地上，左胸流著鮮血。

另外在他旁邊還站著一名嬌小的少年。

手中握著一把刀的他，側臉看起來莫名寂寞而沉悶。

那表情彷彿看開一切，不，甚至像是放棄了什麼一樣。

「少年，你叫什麼名字？」

為何我會首先提出這個問題，其實連我自己都不知道。

但或許是看到那樣彷彿獨自一個人被遺留在世界上——充滿悲傷又吸引目光的側臉，讓我變得比起任何問題都更想優先知道他的名字。

「我的名字、叫——」

下個瞬間，我回想起那位紅髮的女刑警講過的話。

如果想見到他，只要在街上走走就行了。

「君塚君彥。」

這就是我和少年K的邂逅。

【某位少年的敘述②】

「原來君塚以前有那樣一位類似養父的人物呀……」

在微風吹拂的室外餐廳，我描述自己的過去告一段落後，夏凪感到驚訝似地嘆了一口氣。

我講述的內容是幾年前某一天的回憶。也就是和名叫丹尼・布萊安特的男人一起體驗飛車追逐，把我們從地下錢莊回收的金錢送交給委託人的故事。而為了說明這段往事，必然也有提到我和丹尼・布萊安特認識的過程以及他這個人的特質。

至今為止，我從來沒有向夏凪提過關於丹尼的事情。這點對於齋川和夏露也是一樣，結果那兩人現在聽我說完後，臉上都浮現感到意外的表情。

「君塚，你從認識大小姐以前就過著很誇張的生活呢。」

夏露一副傻眼地瞇著眼睛看向我。

我覺得就這點上來講，她其實也跟我半斤八兩就是了。

「畢竟在認識希耶絲塔之前我就是這種體質。打從出生以來，我一直都過得很誇張啊。」

所以也早就習慣了——雖然我不太願意那麼輕易看開啦。

「人家不是說神明不會賦予一個人根本無法克服的試煉嗎？就是這個道理。」

夏露說著，又接了一句「所以要感謝神呀」，並一臉輕鬆地啜飲飲料。

「若真如此，這世界的神會不會對我太抖S啦？」

「不要那麼興奮。你又不是渚。」

「妳、妳說誰是想要被喜歡的對象臭罵好幾個小時的抖M嗎！」

「並沒有人講到那種地步好嗎？」

我勸妳盡量不要在男生面前講那種話比較好喔——夏露用意外嚴肅又擔心的語氣如此勸告夏凪。這毫無疑問是我今年最不想看到的情景了。

「原來如此。君塚先生果然從以前就吃過很多苦呢。」

齋川注視著我，這麼言歸正傳。

「不過既然有過那麼稀奇的體驗，為什麼你以前都不跟我們說呢？」

這位偶像接著似乎想到什麼疑問，很可愛地歪了一下小腦袋。

「因為仔細想想看嘛，君塚先生平常描述自己的事情時總是缺乏亮點。我覺得稍微再把那種飛車追逐之類的故事搬出來當成賣點會比較好喔。」

「齋川，給人建議有時候反而會很傷人的。」

要是現在這句話變成心靈創傷，害我以後都不敢在別人面前講話怎麼辦？

「而且我記得妳每次聽我講的時候都笑咪咪的吧？」

「哦哦，我那是在練習握手會的時候面對粉絲們的職業笑容啦！」

「真不想聽到這種偶像的黑暗面啊……」

但如果我的寶貴犧牲能夠換得偶像唯喵更加光彩亮麗的表現，身為製作人或許是無比的喜悅吧。

……身為製作人嗎？

「但話說回來，果然還是教人意外呢。」

我不經意發現坐在旁邊的夏凪正看著我這麼說道。看來她和夏露上演的搞笑短劇不知不覺間已經結束了。

「怎麼？妳總算注意到我的側臉意外帥氣嗎？」

「不，那根本一點都不算意外，應該說總是。不對，完全不對。」

原來不對啊……雖然我搞不太懂究竟什麼「不對」就是了。

「重點是你一開始講的內容啦。就是關於那位叫丹尼・布萊安特先生的人物。該怎麼說呢，總覺得跟現在的你很難聯想在一起……嗯～我也說不太上來。」

夏凪說著，把手指放到下巴擺出思索的動作。接著……

「那也就是說，君塚現在住的公寓原本是那位丹尼先生的家嗎？」

她再度把臉轉向我，提出這樣的問題。

齋川和夏露似乎也對這點感到在意，於是和夏凪一樣朝我注視而來。

「現在這狀況如果客觀來看，簡直就像後宮狀態呢。」

我面帶苦笑，啜飲一口莫名過甜的咖啡。

「真不像君塚會講的話。」

「是呀，我也這麼覺得。」

結果夏露和齋川表現出似乎對什麼事感到不滿的態度。

「像剛才講側臉怎樣的那句話也是一樣。你平常才不會說那種聽起來很自戀的話吧？」

就連夏凪都對我露出懷疑的眼神。

唉，真不曉得她們是什麼時候把我分析到這種程度了。

「你想要扯開話題對不對？」

夏凪把上半身湊近我，如此直搗核心。

其實我完全沒有要對她們隱瞞什麼的意思……只不過，我總覺得自己過去的經歷聽起來應該也不有趣，所以有點猶豫要不要講出口也是事實。

看來昔日那位名偵探的觀察力也確實傳承到女高中生、偶像與特務身上了。

「然後呢？重點是接下來的內容吧？」

如此催促我繼續講下去的，是夏露。

歸根究柢，這段敘述往事最初是從生日話題開始的。

夏露推測得沒錯，按照時間順序，這段故事的下文還會繼續到**某一年我的生日**——也就是五月五日。至少也要講到那邊才算有個結尾。

「君塚先生令人拍案叫絕的超精采故事，請快點說給我們聽吧！」

齋川這時眼神閃閃發亮起來。

像這樣給我提高難度是最讓人傷腦筋的啊……不過事到如今，抱怨這點好像也太遲了。

我們雖然已經吃完午餐，但距離下個預定行程還有一段時間。

既然這樣，就暫時讓我們繼續坐在這裡聊天吧。於是我準備開口的時候……

「那我再去加點飲料好了！」

……喂，最開始說想要聽我講往事的應該是妳吧？

我忍不住在心中對夏凪從座位起身的背影如此吐槽抗議。

「……呃～那個、君塚，你可以來幫忙我嗎？」

結果她又轉回頭，害臊地用手指搔搔臉頰。

看來在我們把加點飲料買回來之前，我的往事講古需要暫停一段時間了。

【第二章】

◆四月二十八日　希耶絲塔

「我就說吧？妳只要在街上隨便晃晃，就會遇到被捲入什麼事件的那傢伙了。」

這裡是兩天前我才來過的警局。

在局內的走廊上，加瀨風靡不知為何得意洋洋地如此笑道。

「雖然說，臭小鬼這次可不只是被捲入事件而已，完全是當事人啦。」

——大約一個小時前，在住商大樓的一戶房中發生了殺人事件。被害者是經營貸款公司的四十多歲男性，死因推測為短刀刺進胸部造成的失血致死。而我在現場目擊少年K手中握著應該是凶器的短刀，於是通報了警方。就狀況判斷，他肯定知道什麼事情才對。

然而當時不管我問什麼，他除了自己的名字以外什麼都不回答。據說後來在送往警局的警車上，他也一路保持沉默。就這麼到現在……在我和風靡交談的這條走廊附近一間偵訊室中，少年K正以殺人事件的重要參考人身分接受訊問。

「但他不是未滿十四歲嗎？觸法少年在日本法律上不但無法判刑，就連搜查行動本身都不能做才對吧？」

「沒錯，所以現在這個並不是搜查，終究只是**調查**。我們已經有向兒童諮商中心報備過了。」

在案件送交之前稍微問點話也不為過吧——風靡說著，把背靠到牆壁上。

「少年K的家人呢？當然我是說除了丹尼．布萊安特以外。」

「事到如今還提這什麼問題，妳已經知道他舉目無親了吧？」

看來我入侵市政廳的事情被抓包了，雖然這並不構成什麼問題啦。

「真受不了，都搞不清楚誰才是間諜了。剛才連我也一瞬間認不出是妳呀。」

風靡看著如今完全化為一名警察融入現場的我，嘆了一口氣。

「那麼就當作順便，也讓我負責調查少年K吧。反正你們現在毫無進展不是嗎？」

據說少年即使被送進偵訊室，也始終保持緘默的樣子。

「既然是偵探，就給我乖乖等到遇上什麼孤島狀況的時候再登場吧？」

結果風靡卻明顯不太高興地眯起眼睛。

「但是我有親眼目擊案發現場喔。」

「對上頭的人要怎麼說明？」

「只要有更上頭的人下達指示就沒問題了吧？」

例如區區公務員花上一輩子也無法抗衡的、為整個世界工作的人物所發出的指示。

「那傢伙們怎麼可能會為了在這種邊境國家發生的區區一起殺人事件行動啦。」

「要不然就妳提出許可嘛。」

「喂，妳最近根本把我當成便利屋了吧？」

風靡有點不爽地搔搔頭。然而……

「……十五分鐘給我解決掉。」

她依然如此說道，並透過內線電話不知向什麼人聯絡起來。

即使嘴上抱怨一堆卻還是願意把事情交給我辦，也許是因為她已經體認過好幾次少年K的棘手程度，又或者可能是她知道我在這種時候絕不會讓步吧。但不管怎麼說，總之很感謝她這麼做。我個人有一項主張是如果偵探與警察能攜手合作，其實世上的懸疑推理小說根本只要一半的頁數就足夠了。

接著過一段時間完成準備工作後，我便獲准以警察的身分進入了少年K在等待的偵訊室。

「我們又見面啦，少年。」

這是一間只有中央擺放桌椅的單調房間。坐在椅子上的少年K對我瞥了一眼，又緩緩把視線放回自己手上。

原本在案發現場穿著夾克打扮的他，如今結束身體檢查後換上了一件素色T恤。垂著頭的臉蛋雖然還保留幾分稚氣，但表情卻沉靜而無精打采。那模樣與其說成熟穩重——不如說給人一種看開一切的印象。

「其實這間偵訊室裝有監視器，可以讓外面看到房內的狀況。」

我在少年的對面座位坐下來，對不願意把眼睛看向我的他如此說道。

「因此不需要擔心會發生什麼違法的強硬訊問行為，你至今行使的緘默權也會受到保障。另外，你有權利要求律師陪同。若有需要，我可以幫你安排。」

聽我說到這邊，少年K總算把臉朝向我了。

「我雖然絕不能算是你的同伴，但也不是你的敵人。我是……對了，還沒向你自我介紹呢。」

既然現在我偽裝成警察，總不能繼續使用我平常的代號或稱號。於是我亮出假的警察手冊並報上名字：

「我叫月華。白銀月華（Shirogane Gekka）。」

這假名取自我原本真正的髮色，以及一種叫月下美人（Gekka bijin）、只會在夜晚綻放的白花。

「然後你的名字叫——君塚君彥，沒錯吧？」

要怎麼稱呼你比較好？——我如此詢問，試圖建立對話的同時，首先把目標集中在解除對方的警戒心。

就這樣注視著少年一段時間後，他大概是輸給了我的耐性而回答一句：「要叫君塚還是叫君彥都可以啦。」

「謝謝，那麼，少年……」

「結果妳不叫我名字喔？」

少年K不等我把話講完就立刻吐槽了。

真不像是才剛殺過人的態度呢。雖然他可能根本沒殺人就是了。

「哦哦，原來如此。你希望**大姊姊**叫你名字是吧？」

實際年齡姑且不說，現在我們之間外觀上的年齡差距約有十歲左右。

然而少年K卻不太服氣地把臉別向一旁。

「別把人當小孩子看待，我已經是大人了。」

「那是只有小孩子才會講的話喔。」

「而且身高只要四捨五入也一六〇了。」

「別擔心，男孩子大約到你這個年紀就會忽然長高的。」

目前的他還比一般平均身高稍微矮一點點。只有一點點就是了。

「關於你的事情，我稍微聽說了。你好像總是會被捲入奇怪的事件是嗎？」

「……我就是這種體質，也因為這樣都沒有人敢親近我。」

「不過跟警察倒是很熟的樣子喔？」

我說著，腦中不禁浮現那位紅髮女刑警不屑的表情。

「……妳說妳叫月華小姐是吧？**這到底在幹什麼？**」

少年K這時忽然像在試探我似地朝我瞪來。

「妳想要從毫無關係的話題切入，讓我鬆懈警戒心是嗎？」

還真是擅於交涉技巧喔——少年K一臉無趣地如此嘀咕。

「你一點都不可愛呢，少年。」

「誰會想要被警察疼愛啦。」

是嗎？那個像魔鬼一樣的女刑警還姑且不談，但我覺得被我這種女警疼愛反而應該是一種獎賞才對。

「那麼就讓我們進入你所謂的正題吧。」

畢竟風靡給我的時間限制是十五分鐘以內，確實也沒辦法悠哉閒聊下去了。

「話說，你當時為什麼會在那樣的地方？」

少年K持刀站立的那間住商大樓中的一戶，是一間俗稱地下錢莊的辦公室。本來像他這個年紀的少年少女應該沒有機會進入那種場所才對。假如真的是少年K在那裡犯下了殺人罪行，那麼最根本的問題在於他究竟為了什麼樣的理由到訪那間辦公室。

我如此詢問後，看到少年K似乎莫名驚訝地稍微睜大了眼睛。然而那肯定不是對我提出的問題感到驚訝，而是因為我從監視器看不見的角度亮出一張紙條給他看的緣故。

那張紙條上寫著：「不用回答我口頭提出的詢問，我希望你回答寫在紙條上的問題。」

我的確也有打算要解決這次的事件，但我本來的目的……我之所以尋找少年K是另有真正的理由。面對似乎在思考我有何企圖而緊閉嘴巴的少年，我又偷偷拿出另一張紙條給他看。

結果他再度一瞬間改變表情後，簡短地回答「……不知道」。不過那並不是對我剛才那句「為什麼會在那種地方？」的回應。我拿給他看的紙條上寫著：「你知不知道一個叫丹尼・布萊安特的男人？」

這就是我執著於少年K的理由。要是讓他就這麼被送到兒童諮商中心暫時保護，我可能就會失去聯繫到丹尼・布萊安特的線索。關於這次的案件，《聯邦政府》的人甚至不惜透過個人委託的形式也要拜託我搜查。究竟那個叫丹尼・布萊安特的男人是何方神聖？查明這點想必對我來說會具有重大的意義才對。

「是你拿刀殺掉那個地下錢莊的男人嗎？」

我表面上假裝詢問關於殺人事件的內容，但卻在紙條上寫著：「你知道丹尼・布萊安特在哪裡嗎？」

「…………」

少年沒有回答。不過就他剛才的反應看起來，他與丹尼・布萊安特之間肯定有某種聯繫。我接著在手邊的記事本上拿筆隨便畫了幾筆後，遞給少年。

「我畫了一下案發現場的平面圖，可是有些部分的格局我想不太起來。你記得嗎？」

如此一來，少年就能自然透過筆談的方式回答我真正的問題了。

結果他輕輕嘆了一口氣後，拿起筆記本。

「這樣妳滿意了嗎？」

在筆記本上，他對於我詢問是否知道丹尼・布萊安特下落的問題，寫下這麼一段文字回應——

——只要妳證明我的清白，要我告訴妳丹尼的藏身處也可以。

「讓你久等了，那麼就來進行延長賽吧。」

後來一度中途退席的我，又再次進入偵訊室與少年K面對面。

「我還以為妳已經找到證明我清白的證據，決定要將我無罪釋放的說。」

少年聳聳肩膀，看著我坐到位子上。

他那樣泰然自若的態度是因為原本緊張的情緒已經放鬆了，還是由於體質的緣故讓他真的對這種狀況習以為常？又或者——是經由和我的這場交易，使他心中決定好自己的某種立場了？不管怎麼說，這樣我也比較好辦事。

「我只是希望稍微延長讓我問話的時間，所以去跟人拜託了一下而已。另外我也請他們暫時停止這間房間的監視器。」

「妳剛才應該說過就是因為有監視器，讓外面可以看到房內的狀況，所以能保證嫌疑者的安全不是嗎？妳現在總不會是想對我使用自白劑之類的吧？」

「我只是覺得一直用筆談對話也太麻煩而已。況且假如我真的要幹，才不會用那麼輕鬆的手段。」

「……意思是說妳會使用比破壞大腦更恐怖的攻擊嗎？」

少年K頓時表情僵硬，還把椅子往後拉開。

「我會破壞的是身為人的尊嚴。」

「簡直不是警察該有的發言啊……」

反正我其實是個偵探，所以沒問題。

「另外，這樣一來你講話也可以不用顧慮外界的人了。」

我現在必須做的事情是證明少年K的清白，進而從他口中問出丹尼．布萊安特的下落。就構造上來講非常單純。

然而唯一要擔心的問題，就是少年K實際上是否真的清白。以狀況證據來講，他甚至可以說是最有力的嫌疑候補。但是我總不能為了達成自己的目的而扭曲事實。

例如捏造證據使狀況變得對自己有利，或是主張心神喪失使少年K獲判無罪等等，這些方法都是不行的。我要做的必須是徹底證實他的清白。話雖如此，但不能心急。我最近才剛學到一個教訓，在建立假說的時候若先預設結論乃愚蠢至極的行為。因此我壓抑自己急躁的心情，開口說道：

「首先，要不要再稍微互相認識一下？」

對於我這項提議，少年淺笑一聲回問：「又是妳的交涉伎倆嗎？」

「既然都已經被你看穿了，我沒必要再做那種事情啦。這只是我的做事原則：如果要向人問話，就必須在某種程度上也把自己的情報提供出來才行。」

當然，我實際上並沒有那樣的原則。說到底，我根本連警察都不是。但現在最重要的，是獲得對方的信任。

「妳在莫名其妙的部分那麼正經八百啊。」

少年意外坦率地呢喃一聲「知道了」接受我的提議。

於是我接著簡單扼要向他描述起自己出生成長的環境、立志成為警察的理由以及過去曾經參與調查過什麼樣的事件。當然，那內容幾乎都是騙人的，但如果百分之百都是捏造反而容易讓人起疑。

因此我在其中混入了幾項事實。例如關於自己過去負責調查的事件中，包含了我身為偵探實際解決過的案子。另外在講述過程中，我告訴了少年丹尼·布萊安特有某項竊盜嫌疑的事情。這是為了對我在追查他的行動賦予一個理由。而實際上我也聽風靡講過丹尼·布萊安特有可能幹過那類的輕犯罪。

「原來如此。唉呀，我想那傢伙會被警察盯上的理由根本數不清吧。」

結果少年K露出苦笑，開始描述起此刻不在場的丹尼·布萊安特是個怎麼樣的人。據說那個人有一天忽然現身，自稱是少年K的親戚並認養了他，然而平常又不會特別照顧少年，成天出門不在家。偶爾回來的時候總是服裝破破爛爛，但本人卻都不以為意地開懷大笑。而且經常會做類似義賊的行動，也因此容易跟人結怨。由於那樣的丹尼·布萊安特，害自己日子過得很辛苦——少年K連同一些具體事蹟向我說明了這些事情。

「總之就像我剛才說的，我並非無時無刻都跟那傢伙在一起。」

現在也是個別行動中——少年如此說道。

「然後在那樣個別行動的時候，你被捲入了這次的事件？」

「對，我因為某些理由前往那家錢莊，結果就偶然被捲入事件了。」

少年說著，擺出誇張的動作哀嘆自己的不幸。假如他說的是真話，就必須為他盡快解決這樁案件才行。於是我將對話拉回正題：

「那麼我再問你一次。雖然你只說因為某些理由，但你究竟是為了什麼事情到那種地方去的？」

我想現在既然雙方利害一致，他應該會把真的事情告訴我，於是再度提出了這個問題。

「我認為那應該不是像你這種年紀的人會去的場所吧？」

「就是因為我這種年紀卻一個人生活，所以才需要錢啊。」

可是我沒想到居然會是那麼恐怖的地方——少年這麼解釋。

雖然他剛才說過丹尼・布萊安特並不會很積極照顧他的生活，但難道連經濟上都沒有予以援助嗎？

「假設姑且相信你所說的。那麼你到那間錢莊借錢的時候，究竟發生了什麼事？」

「當我到那裡的時候，那個黑道大哥已經渾身是血倒在地上了。」

「原來如此。不過一般人肯定不會相信你這種說法吧。」

少年似乎終究要主張自己是清白的樣子。

而我現在這樣與他面對面交談後，同樣也不太覺得他會是殺人犯。舉例來說像他眨眼的次數、視線的動作或是呼吸深淺等等，即便沒有用上測謊機還是可以知道一部分的事情。

不過真正讓我在意的並不是他有沒有在撒謊這種事，而是我總覺得少年K的眼睛好像一直注視著遠方。那模樣簡直就像在說，他的戰場不在這裡。

「那麼你當時握在手上的刀子呢？」

即便如此，我和他的目的應該還是相符的。因此我試著從對話中摸索證實他清白的證據。

「那東西一開始掉在地板上，而我想說那搞不好是凶器，而不自覺撿起來看的時候，就被你們撞見了。」

「那還真是不巧呢。」

這就是少年K所謂容易被捲入事件的體質所發揮的力量嗎？

如果將他的發言重新整理——少年K是為了借錢來到那間貸款公司，卻當場發現渾身是血的黑道男子，然後自己忍不住撿起成為凶器的那把刀，結果很不巧地被人看到了那一幕。

這段證言總讓人覺得未免對於少年K來講太過巧合了。不過畢竟是出自他本人口中，要說當然也是理所當然。真正重要的還是客觀性的證據。

然而遺憾的是，成為案發現場的那間辦公室中裝設的監視器似乎遭到破壞。正常來想，那肯定是犯人搞的鬼。但不管怎麼說，總之目前還沒有找到能夠顯示少年K清白的證據。

「那麼意思是說你認為這起事件另有真凶，然後是那個人物殺死了被害者。」

「對，也就是在我之前來到現場的**什麼人**。」

雖然沒有證據能夠證明這點就是了——少年如此自嘲。那棟住商大樓所在的小巷附近也都沒有設置監視器，因此目前還沒辦法掌握當時現場附近的人員移動。

就現況來說，警方推想的內容應該是——生活拮据的少年K不小心和地下錢莊扯上關係，結果在現場發生什麼問題導致他殺害了被害者。但假如少年K真的是清白的，從這裡要如何翻盤呢？

「我對於自己被當成嫌疑犯已經很習慣了啦。」

少年忽然把視線別開，輕笑一聲。他看起來彷彿早已理所當然地接受了自己的命運，甚至到讓人連稱讚他「很有膽識」都感到猶豫的程度。

「別擔心，所幸現場似乎有留下不少足跡。現在還沒確定你一定是犯人……」

就在這時，內線通話響起。是來自加瀨風靡的聯絡。

附著於凶器上的指紋似乎已經鑑識完畢，於是我仔細聽完那個結果。

「原來如此。少年，現在得知了一項新的事實。」

我接著把從風靡口中聽來的情報告訴少年：

「從判斷為凶器的短刀上，好像只有採檢出你的指紋而已。」

「這樣啊。那我就是犯人了。」

「嗯，你就是犯人了。」

我們互相露出苦笑。

不過現在放棄還太早了，也有可能是真凶擦掉了自己的指紋。

「妳願意相信我？」

「我不會相信人。」

畢竟有很多東西比起人更值得信任。

「我只是想要知道丹尼・布萊安特的下落。而為了達成這個目的，假如你不是清白的，我會很傷腦筋呀。」

「那如果我真的是殺人犯呢？」

少年K面不改色地問我這種事情。

的確，這樣的可能性也必須納入考慮才行。

假如他其實在向我撒謊，把整起事件搞得團團轉，而且到最後連關於丹尼・布萊安特的情報都沒有提供給我該怎麼辦？

「嗯，你可以預想到時候你身為一個人的尊嚴會永遠遭到剝奪喔。」

我盡可能裝出柔和的笑臉，讓對方不要感到恐懼。

「……月華小姐，妳實際上到底是何方神聖？」

偵探啦。只是個偵探。

雖然這件事現在還不能告訴你就是了。

「不過講真的，如果問說一個小孩子有辦法刺殺黑道男子嗎？我對於這點也單純感到懷疑。所以我同樣認為應該另有真凶才對。」

目前還看不出真相。但只要再稍微收集一些證據，或者根據已知的事實重新檢視案發現場，想必會有新的發現。

「所以你放心吧。今天的晚餐，你一定可以在自己家享用的。」

聽到我這麼表示後，少年K只是盯著不知何處的遠方，「嗯」地小聲回應。

我判斷照現況應該沒辦法再從少年K口中問出更多情報，於是離開偵訊室，接著檢視從案發現場扣押來的證據。

除了推測為凶器的短刀之外，還有債務者名單等等的相關文件、被害者的手機以及原本在那間辦公室的電腦——於是我開始分析那些東西。雖然風靡還是很有意見的樣子，但我重新強調自己是代替她接下搜索丹尼的爛攤子後，大概多少感到愧疚的她便心不甘情不願地認可我的行動。

我就這樣分析著從證物中得出的各種資料，當回過神時發現太陽已經下山。然而剩下要做的事情還有很多，結果等到我動身前往兒童諮商中心與據說被送交到那裡的少年K再會的時候，已經是相當晚的時間了。

抵達目的地的兒童諮商中心後，我來到少年K被保護的房間門前。然後照慣例用萬能鑰匙解開門鎖，便看到少年面向牆壁躺在床上的身影。

「早安，少年。」

我把嘴巴湊到他耳邊如此呢喃。

「嗚！嚇死我了……」

少年大概在睡覺的緣故，對於我的出現驚訝得跳了起來。

「你耳朵很弱嗎？」

「我倒想知道耳朵很強的人是什麼樣的傢伙啦。」

像我就很強喔。至少就算被人朝耳朵吹氣也能不為所動。

雖然應該沒機會實際驗證就是了。

「很抱歉我來得這麼晚，已經超過了晚餐時間呢。」

鑑定證物花費的時間比我預料的還要久，害我沒能遵守跟少年之間的約定。

「現在幾點？」

少年著急地把手伸向口袋，但又想起自己的手機被沒收的事情。

「剛過晚上十一點。」

我希望最起碼可以讓他明天早上回到自己的公寓吃早餐。話說那麵包的保存期限沒問題嗎？

「……這樣啊，晚上十一點。」

少年K擦掉額頭冒出的汗水，嘆了一口氣。

「然後呢？妳來幹麼的？照妳的樣子，應該不是來告訴我已經證實我的清白了吧？」

「嗯，不過我覺得所謂的事件果然還是應該在案發現場解決才好。所以說……」

「所以說？」

面對疑惑歪頭的少年，我伸出自己的左手。

「一起從這裡溜出去吧。」

就這樣，我們從兒童諮商中心逃出去了。

當然，關於這件事加瀨風靡並不知情，完全是我的獨斷行為。

「萬一被抓包，這次我搞不好真的會被殺掉呢。畢竟那個人做事毫不留情呀。」

我一邊回想著以前和《暗殺者》之間展開的一場場戰鬥，一邊踩動踏板。

不過像這樣在夜晚的路上騎著腳踏車，感覺就像被繁星與夜風圍繞包覆一樣，讓我覺得這時間其實也不壞。

「通常這種時候不是應該開警車嗎？」

從背後忽然傳來少年K有點不滿的聲音。雖然他並不曉得，但很遺憾的是我還沒到能夠駕駛汽車的年齡呀。

話雖如此，不過假如狀況有需要，我也會硬著頭皮開車就是了。我希望自己有一天至少能學到會開戰車的程度。凡事預先準備得再多應該也不會嫌過度才對，尤其對於偵探這樣的職業來講。

「第一次腳踏車雙載居然是跟警察，簡直糟透了。」

少年K自嘲的同時也如此埋怨。

這孩子看似達觀，但果然還是個有點囂張的小鬼。

「你不覺得這是個很好的人生經驗嗎？凡事要懂得換個角度想呀。」

「這不管怎麼想都不好吧？害我少了一幕青春插曲啦。」

「少年，原來你對那種事情有興趣？明明表情都死了說。」

「囉嗦，**不要因為自己已經枯燥**就認為別人也……嗚喔！」

我這時緊急煞車，結果少年K慌張地從背後抓住了我的腰。

「哦哦，抱歉。因為忽然有貓跑出來，我只好煞車了。」

「……嗚、月華小姐，妳雖然外表是個大人，但其實個性上根本像個小鬼頭吧？」

「誰曉得呢？」

我這麼敷衍帶過，繼續趕往現場。

接著過了大約二十分鐘後。

「來，進來吧。不過你要注意別留下多餘的指紋喔。另外也禁止移動東西。」

抵達那棟住商大樓的我們越過封鎖線，再度踏足成為案發現場的貸款公司辦公室。

我用戴著手套的手指打開電燈開關。現場沒有其他人，遺體當然也已經被搬走，因此只有我和少年K兩個人而已。

「然後呢？妳為什麼要把我帶到這裡來？」

少年依然站在入口處，不願走進房間深處。畢竟這裡是發生殺人事件的現場，他會那樣也是當然的。

「嗯，我想說如果來重新檢視一下案發現場，或許你會注意到什麼事情吧。」

進來吧——我對少年如此招招手，於是他總算做出覺悟似地進到房內。

「今晚星空看得真清楚呢。」

我對他這麼說著，透過一扇大窗戶仰望夜空。

「那是什麼新創的告白臺詞嗎？」

「很抱歉，我喜歡的是比我成熟的男人。」

我的意思不是那樣啦。

「這個窗簾，一直都開著對吧？」

聽到我這麼說，少年似乎不太明白我的用意而稍微歪頭。

「我白天第一次來到這個案發現場時，這窗簾就是敞開的。假如這是一樁計畫性的殺人案件，你不覺得犯人未免太過粗心了嗎？」

「……哦哦，的確。正常來講為了不被外人看到，應該會把窗簾拉起來吧。」

「對，所以我認為這應該是一樁突發性的事件。」

實際上，當時案發現場就被推測是這間貸款公司的關係人物目擊到了，也就是那個差點撞上我的光頭男子。因此這次的犯人實在太粗心，至少我認為應該不是從一開始就有計畫要殺人才對。

「不過世界上的殺人犯也並非大家都想達成完全犯罪吧？兇手有可能對被害者有很強烈的仇恨，認為即使自己犯案被發現也要把對方殺掉。這樣假設應該也不算奇怪。」

畢竟被害者是個就算跟人結怨也不稀奇的人物——少年K如此表示。的確就職業上來講，對被害者懷恨在心的人肯定不少。

「然而以現況來講，嫌疑犯目前正在逃亡。也就是說，那個人物內心應該還是有不希望犯行被發現的想法才對。」

就這點上來看，假設犯人真的是少年K，他一直否定犯行也是同樣的道理。總而言之，這次事件的犯人正想盡辦法要擺脫自己突發性殺人的罪名。

「對了，像監視器也被破壞了對吧？」

「嗯，而且當成凶器的刀子也被擦掉了指紋。」

「雖然說前提是假設除了我以外另有真凶啦。」

少年自己如此說著，聳聳肩膀。

不過他說的這點已經不只是假設了。

我很確定那個消滅了證據的人物就是真凶。

「不管被害者生前做的是多麼缺德的生意，這裡是生意場所的事實都不會變。既然如此，現場若有留下什麼來客預定之類的行程表應該也不奇怪。因此我稍微調查了一下。」

「……！電腦嗎？」

少年K靈光一閃似地用拳頭敲了一下自己的手心。

「你記得還真清楚呢。明明那東西現在不在這裡的說。」

「……是啊，反正我想應該是被當成證物扣押了吧。」

或許我該誇獎他不愧是已經對這類事件習以為常了。

「然後妳調查的結果如何？除了我以外，今天有什麼人預定到這裡來嗎？」

「我看過電腦裡的日程表管理軟體，但很可惜今天是空白的。」

其他日子倒是都有預定來客——聽到我這麼說，少年K呢喃一句「運氣真差」並一臉遺憾地把視線別開。

「只不過，我另外找到了這樣的東西。」

我從自己帶來的包包中拿出一冊文件。

「這是在這裡借過錢的債務者貸款紀錄，裡面也有記載預定償還日期。所以我想說只要其中有符合條件的人物，應該就能找出一些線索。但是……」

「從裡面也沒有找到可疑人物，是吧？」

少年接替我如此說道。

「嗯，從放在這間辦公室的**實體文件資料**中的確沒找到就是了。」

我接著講出的這句話或許出乎少年的預料，讓他驚訝地看向我。

「其實在這間辦公室的電腦裡也有儲存這些債務人的情報資料。不，正確來講其中有一部分遭到刪除——但我試著還原了檔案。」

少年K默不作聲地繼續聽我說明。

「包含日程表管理軟體也是一樣，我總覺得好像到處都有不太自然的資料空白處。因此雖然花了不少時間，但我嘗試把已刪除的檔案還原，結果找出了某位債務人的情報資料。而且很奇怪的是，只有**那個男人**的名字沒有被列在辦公室裡的債務人名單之中。」

那簡直就像是為了讓那名債務人從這個案發現場逃脫而做的行為。雖然我不清楚動手湮滅證據的究竟是那名債務者本人，還是其他協助者做的事情。

「那麼從名單消失的那名債務人就是犯人的意思嗎？」

少年K依然表情嚴肅地把視線從我身上別開。

「我認為那樣的可能性很高，所以試著打電話給復原名單上記載的聯絡號碼，但或許該說不出所料吧，電話沒有接通。」

不過——聽到我接著這麼說，少年立刻看向我。

「其實少年你已經獲釋了。相對地，警方對那名債務人男子發出了逮捕令。」

「……！你們有什麼明確的證據嗎？」

結果少年K變得莫名著急，朝我邁出一大步。

「為什麼你要那麼問？明明你的冤罪好不容易獲得清白的說？」

「…………」

「你有什麼理由不希望那個人被逮捕嗎？」

「…………」

假如有誰在包庇那位應該是真凶的債務人。

假如那個挺身包庇的人物就是眼前這位名叫君塚君彥的少年。

那麼他究竟是想要保護誰？

「——喂，你們在這裡做什麼！」

就在這時，現場傳來毫不掩飾焦躁態度的聲音。

看來我們這場逃脫劇終於被抓包了。

「抱歉，我只是想在夜晚的街上稍微騎車兜個風而已。」

面對帶著幾名警察趕到現場的加瀨風靡，我故作輕鬆地拋了個媚眼。

結果這行為似乎反而觸怒了她，使她當場露出彷彿能夠殺人的視線對我說了一句：

「明明把工作推給別人，自己卻這樣擅自妄為……」

「那並不是把工作推給妳呀。我是信賴妳的能力。」

「哈！就只有一張嘴厲害。」

太失禮了。我的狙擊技術也不錯呀。

「那麼，我們差不多進入正題吧。」

從這裡開始是解答篇。

偵探與警察兩個人，用兩倍速度加快節奏吧。

「首先來還給少年一個清白。」

聽到我這麼說，風靡就像要把上場機會暫時先讓給我似地用眼神默默回應。少年K也為了窺探我的意圖而保持靜觀。

「以前提來說，我打從一開始就不認為是少年動手殺人的。畢竟我找不出他有什麼動機需要引起這種程度的大事件。」

少年K在偵訊室中說過「自己是初次到訪案發現場」之類的發言。而且從這間貸款公司管理的顧客名單看起來，他這句證言也應該是真的。一名中學生少年與黑道男子初次見面就動手殺害對方的動機，要假設起來也未免太困難了。

「不過物證倒是很明確。」

風靡比我預想得還要早插嘴如此表示。她所謂的物證應該就是指凶器短刀上的指紋。

「思考什麼『動機』根本不可靠。人類終究是一種誰也搞不清楚大家腦中在想什麼的生物呀。」

所以能夠相信的只有客觀證據——風靡說著，瞪向少年K。

「風靡小姐，我就知道只有妳到現在還在懷疑我。」

「哈！說到底，我從來都沒有相信過你任何一次。這是連懷不懷疑都還談不上的問題。」

少年K與風靡如此說著，互相用凶險的眼神望著對方。

「真懷念以前那位好講話的派出所所長。」

「那個人從你帶來的壓力中獲得解放，如今應該在自家的緣廊跟孫子下棋吧。」

……這兩個人如果放著不管，總覺得可能會無止盡地爭吵下去。還是拉回正題吧。

「確實就像鑑識人員所說，刀子上沾有少年的指紋。」

我再度開口後，少年與風靡都把注意力轉向我。

「然而，這件事本身並不能當成判斷少年行凶殺人的證據吧？」

身為正牌警察的風靡肯定實際上也很清楚這點。

「我當時有親眼目睹案發現場，而少年的身體與衣服上都沒有沾到任何一滴血液。那實在不像是剛拿刀殺過人的狀態。」

那時候拿著刀站在現場的他，表情看起來莫名憂鬱而彷彿放棄了什麼，但不知為何，那側臉——在我的印象中看起來很美。

雖然說，那終究只是我個人的主觀而已。但是拿刀刺殺人，自己身上卻沒有沾到一滴血液的狀況還是讓人覺得很不對勁。因此我認為應該就像少年K自己說過的，他是在事後把殺害過被害者的短刀撿起來，才讓他的指紋沾到上面的。

「另外還有一點。少年如果要殺害被害者，**有點太過嬌小了**。」

少年K的身高頂多一六〇公分左右，相對地被害人是個超過一九〇公分的巨漢，可是刀傷卻位於被害人的胸部。

當然，就算雙方之間有三十公分以上的身高差距，也不代表少年的手絕對碰不到被害人的胸口。例如他若反手握刀，高舉起來從上方把手揮下來，即使是少年的手臂高度也可以刺到那名巨漢的胸口位置。

然而從遺體的傷口看起來，那把刀應該是以幾乎呈現水平的狀態刺進胸口。身高一六〇公分的少年假如用刀刺死比自己高三十公分以上的人，我認為不會留下那樣的傷口。

「也就是說，當時我只要別亂碰那把刀，其實打從一開始就不會遭到懷疑是吧。」

少年聽我說明到這邊，如此自嘲。

「連我都覺得自己這個體質真的很麻煩，老是害我被捲入這類的事件。」

「嗯，我也那麼認為。」

我附和少年的意見——由衷認同他這個說法。

「由於那樣的體質，讓少年總是會遭遇這類的事件。不過**就這次的狀況來說**，**你未免太過粗心了**。」

少年不發一語地看向我的臉。

「沒錯，你很習慣於這類的事件，甚至到習以為常的程度。那麼你為何會自己把刀撿起來？」

要是亂碰凶器就會讓自己遭到懷疑，這種事情應該隨便都能猜想到才對，至少可以確定少年K比誰都明白這點。因此……

「你其實打從一開始就知道事情會變成這樣，卻故意把刀撿起來的對吧？」

他藉由這樣的做法，讓自己成為警方懷疑的目標。

我們徹底被少年耍得團團轉了。

「我有什麼必要那麼做？」

少年K帶著苦笑歪頭。

「為了保護什麼人。」

也就是——真凶。

少年明明一直主張自己的清白，卻又故意做出讓人懷疑他是犯人的事情。

「妳說的『什麼人』是誰？我一直以來都是自己一個人。妳應該也知道這點吧？」

在警局的確也提過這件事。少年K沒有什麼朋友，而且根據我獨自調查的結果，他也沒有父母兄弟。因此他應該沒有不惜挺身冒險也要包庇罪行的對象才對——真的是這樣嗎？

「月華。」

少年這時直呼我的名字。

「妳剛才說在我之前拜訪過這間辦公室的人物就是犯人對吧？那麼我和那傢伙

之間又是什麼關係？是不惜挺身頂替殺人罪的好朋友嗎？家人嗎？還是——」

我對風靡使了個眼色。接下來是她的工作了。

「不，真凶跟你是素不相識的陌生人。」

——原來是這邊的可能性呀。

我也是現在才第一次知道這個真相。其實我本來認為**另一個可能性**比較高，但所謂的現實或許往往如此，不會盡如人所預料。

「嫌犯是一名在這間貸款公司背負了鉅額貸款的四十多歲男子，名叫——」

風靡這麼說著，唸出我手上的顧客名單中原本應該有記載的同一個名字。犯人的名字倒是一如我的預想。

「就在剛才，那個人打電話向警方自首了。今天原本預定是他的還債日，但沒能湊到錢的他只好直接到錢莊來請求延期卻交涉不成。在這次成為被害人的男子持刀威脅下，雙方發生扭打的結果就是後來這樣。」

至於這樣能否獲判正當防衛就要看律師的能力了——風靡說著，嘆了一口氣。

整件事的來龍去脈其實就是這樣稀鬆平常的內容，但接下來才是奇妙的地方。

「緊接著就在事件發生後不久，湊巧來到現場的你不知為何頂替了這項罪行，讓嫌犯逃亡了。」

對，也就是說少年K居然幫今天才初次見面的陌生人頂替了殺人罪名。

「妳說我幫一個根本不認識的人頂罪？那樣做有什麼好處？」

少年表情困惑地自己說出這項理所當然的疑點。

然而緊接著……

「……不過，我的工作應該也到這邊為止了吧。」

少年K莫名鬆了一口氣似的，表情稍微變得柔和下來。

那態度彷彿表示自己繼續抵抗也沒有意義，或者他的目的其實已經達成了。

「沒錯，妳們說得對。我包庇了真凶。」

「為什麼毫無關係的你要做那種事？」

這次換成我開口詢問。假如少年包庇的對象是**我也在追查的那個男人**，在某種程度上我還可以理解他的動機。但這次的真相卻是我考慮到的另一種可能性。

「我當時撞見案發現場，結果那名犯案的男人很焦急地對我說道……」

少年一句一句緩緩述說起來。

「那個人的女兒動手術的日子就快到了。對於身患難治之症的女兒來說，這是一場決定生死的重大手術。但如果那個人現在被警方抓去，搞不好就再也見不到女兒了——所以他拜託我**放過他**一**天就好**，讓他今天可以去見女兒一面。」

因此我決定只要今天一天就好，讓自己偽裝成犯人——少年K如此說著，把視線望向窗外的夜空。

「……這樣呀。你是為了讓犯人最後能夠和女兒見面一天，所以做了這種事。」

原來如此，這下至今的許多疑點都獲得解釋了。

例如少年雖然想包庇真凶，卻沒處理現場留下兩人以上的足跡，電腦的內部檔案也沒有徹底刪除，被害人與自己身高差距的問題也沒有解決等等。我本來以為那些全都是少年K的設想不周。

不過我同時也覺得這是無可厚非的事情。區區一名中學生不可能那麼輕易完全湮滅證據。

但我的想法錯了。他之所以這樣不夠徹底地留下各種證據，全都是因為自己只需要扮演犯人一天就好的緣故。絕不留下任何能夠斷定他是犯人的確切證據，專心扮演了二十四小時限定的代罪羔羊。

——腦袋太靈光了，比我想像得還要聰明。

那肯定是他的體質所帶來的經驗培育出來的才能。

「不過現在既然犯人出面自首，表示他已經和女兒見過面了對吧？那麼我的目的就算達成了。」

少年臉上並沒有浮現微笑。

他只是帶著有點疲累的表情，體認自己的助人行為已經結束。

我再說一次。他很聰明，非常聰明。

然而同時也必須說他想法天真。

「即便只有一天而已，你有什麼必要讓自己冒那種險？」

假設少年是想要透過自我犧牲實現什麼人的願望好了，對他自己本身來說真的有值得那麼做的好處嗎？我對少年再度詢問了這點。

「這是某個男人教我的事情：最起碼要幫助自己眼睛所及範圍內的人才叫有種。」

「能夠講那種話的，只有具備足夠的覺悟與力量拯救一切的人物。但你不是那種人。」

「……！可是我實際上做得不錯啊。雖然說試圖隱庇犯人確實是犯罪行為沒錯，這點我願意承擔。」

「你真的認為那樣做是正確的嗎？那等於是對犯罪視而不見喔？」

「……我不知道。或許就是因為我不知道這個問題的答案，才會在無意識中撿起刀子的。」

貸款背債，又犯下罪行。即便如此還是希望最後能見女兒一面的父母心——對於舉目無親的自己來說，實在難以估量那是多麼強烈的感情。所以我才會那麼做的——少年有如自言自語般如此呢喃。

「唉，你果然還是個臭小鬼。」

就在這時，風靡用感到無奈，不，應該說凍寒如冰的眼神瞪向少年。

「你想知道的答案，就讓我告訴你——打從一開始就根本沒有什麼手術。」

「……！」

聽到風靡說出口的真相，少年頓時睜大眼睛。

「怎麼、可能？那個人怎麼看都不像在撒謊啊……」

「我猜撒謊的應該不是行凶的那個男人吧。」

對不對？——我用視線向風靡如此確認，結果她「是啊」地點頭回應。

「撒謊的是那個被殺的黑道。他說可以透過自己的人脈介紹一名醫生幫男人的女兒進行那場困難的手術，然後以介紹費的名義向那男人放高利貸。但實際上那種人脈從起初就不存在，聲稱已經安排的手術終究也只是一場假戲。」

調查出這個真相的風靡面無表情地將嘴巴閉成一直線。雖然她那樣的態度一如往常，但內心肯定燃燒著怒火。我莫名有這樣的感覺。

「為了榨取別人的金錢，居然連這種謊都說得出來嗎……」

少年飽受打擊似地用力咬起嘴脣。

犯人想必也是和少年一樣直到剛剛才得知真相，所以終於決定自首的吧。

「吶，少年。」

像這種時候，究竟該說些什麼話才好？偵探的工作絕不是思考話語安慰對方，這點我很清楚。然而……

「不可以寄望從別人身上獲得自己想知道的答案。」

這句發言並非我動腦思考後得出的話語。

但是我卻在不自覺間把這樣一句話講出了口。

「如果有想要知道的答案，就必須靠自己去尋找才行。」

在這點上想必我自己也是一樣。

因此我才會對少年，同時也對我自己這麼說道。

我有一段失去的記憶，有自己必須打倒的敵人。

我有無論如何都要找回來的東西——所以……

「別擔心，交給我吧。」

聽到我這麼說，少年這才總算把頭抬了起來。

「我認識一位技術高超的醫生。你和犯人都希望拯救的那位女兒肯定能救回一命的。」

「……真的嗎？」

嗯，畢竟那個人就像是為了救人而誕生的男人呀。

所以說，現在……

「你就好好放心，暫時給警察關照一陣子吧。」

我這麼一說，少年K霎時露出感到驚訝的表情後，彷彿認輸似地輕輕一笑了。

◇四月二十九日　君塚君彥

這天，拖著疲憊的步伐好不容易回到家的我，看到一名大叔大搖大擺在和室中休息。

「嘿，回來得可真晚啊。難道你讀的學校一天要上到九堂課嗎？」

日本學生還真是勤奮——男人帶著冷笑朝我瞥了一眼。那態度看起來已經在某種程度上知道我其實是經歷什麼遭遇才總算回到家的。

「還是老樣子，我稍微被捲入了一點事件啦。」

「這樣啊。其實你也可以考慮請我這個萬事屋——丹尼‧布萊安特出面幫你解決喔？」

「總覺得委託費用會被海削一筆，所以我才沒找你啦。」

聽到我冷淡回應，丹尼發出乾枯的聲音愉快地笑了。

話說回來，真沒想到緊接著兩天前那場飛車追逐之後，居然這麼快又讓我被捲入事件。我忍不住深深嘆氣，讓滿身瘡痍的身體坐到坐墊上。

矮桌上放著應該是丹尼叫來的披薩，被吃到只剩四分之一。

「吸太多可是會讓健康的壽命縮短喔。」

我把碳酸飲料倒進杯子的同時，向坐在矮桌對面準備點燃香菸的丹尼如此忠告。

「哦？意思是說你希望我長壽一點？」

「我只是在說一般常識，不會再講第二次了。」

「哈哈！就算對身體是毒，對精神可是良藥啊。」

丹尼如此隨口跟我抬槓，並吐出徐徐白煙。

平常總是態度輕鬆自在的他，難道也會有需要什麼心靈藥物的時候嗎？像這種無法詢問本人的問題，肯定想了也是白費力氣吧。

「快把飯吃完準備工作啦。」

丹尼一邊抽菸，一邊從破舊的包包中拿出一份文件。

文件上列有大量的人名與電話號碼一覽表。

「你對這名單上列出來的電話從頭到尾全部打一遍。」

丹尼就像這樣偶爾會回到公寓來，然後叫我幫忙他的工作。而我則是藉此獲取酬勞，並且為了將來有一天能夠獨立生活而儲蓄資金。不過……

「總不會是詐騙吧？」

忽然感到不安的我如此詢問。丹尼帶回來的這份資料究竟是什麼名單？該不會是要我打那種「我不小心把公司的經費用光了……」之類的電話吧？

「哈哈，如果要扮演一個公司小職員，你的聲音還有點太尖銳了。」

的確，畢竟我還在變聲期。

「那你到底要我做什麼？」

「你只要普普通通打電話去約那個家的小孩出來玩就好。」

「莫名其妙……」

怎麼？難道你要我做什麼跟人交朋友的公益活動嗎？

「這種工作要怎麼賺錢？」

「這個世界的構造並不是你想得那麼單純啦。」

丹尼如此教誨似地說道。

「俗話說大風吹，賣木桶的就賺錢（註3）。凡事因果相連到最後的最後，也可

註3　日本諺語。詳細的內容為「大風颳起塵土，塵土傷眼，讓盲人數目增加，導致三味線（日本弦樂器，古代日本盲人能夠從事的工作便是彈奏三味線）的需求量上升，貓因此遭到大量捕殺（三味線是使用貓皮製成）。貓的數量減少造成老鼠氾濫，老鼠咬破木桶，木桶的需求量便隨之增加，讓木桶店大賺錢。」意指事情經由連續的因果造成深遠的意義。

能會產生別種不同的結果。」

我以前聽說過丹尼是來自美國，真虧他會知道這種日本諺語。從話題脈絡聽起來，丹尼想表示的應該是即便現在還不太能理解內容，將來總有一天可以明白其中的意義吧。雖然我覺得他拿來比喻的諺語在含意上好像有點不太正確就是了。

「另外要說是蝴蝶效應也行。在庭院的一隻蝴蝶拍打翅膀，因果傳呀傳地有可能就會在遙遠的異國颳起龍捲風。」

丹尼把瓶裝啤酒放到矮桌上，眺望窗簾敞開的窗外。

今晚掛在天上是一輪美麗的滿月。

「話雖這麼說，但現在我手頭缺錢也是事實。差不多該找個大宗一點的工作才行啦。」

果然他這次帶回來的工作並不是直接能夠獲得金錢的東西。

即便如此，他還是很從容不迫地打起呵欠。

「既然沒錢，就更別買沒意義的玩意回來啊。像那幅畫就花了多少錢？」

我說著，指向以前丹尼說是「紀念品」而買回來作者不明的風景畫。

這就是他的壞毛病，讓這間和室中擺滿大量類似的藝術品。

「哦哦，那是我走在這附近路上偶然認識一名自稱是畫商的年輕女性。對方看起來好像生活上有困難的樣子，所以我就直接照對方開的價格買下了。」

……明明之前還說是什麼紀念品，居然根本是在這附近買的嗎？

「你只是被騙了吧？」

「不可以被騙嗎？」

結果丹尼竟一臉認真地疑惑歪頭。

「假設我是受騙上當好了，我給的錢還是可以使那位窮困的女性有所收入，讓她隔天早上有麵包可吃，有優酪乳可喝。那麼我的行為以一個人來說有什麼錯嗎？」

如果連自己眼睛所及範圍內的人都不幫助要怎麼辦？——丹尼一派輕鬆地如此說道。這是他經常掛在嘴上的口頭禪。

即使是受騙上當，自己蒙受的損失也會化為別人的利益。幸福的總量不會減少，只是財富從有錢人流向窮困者而已。就算有誰將這種想法稱作偽善，丹尼想必還是會貫徹這份信念吧。

「也就是說與其懷疑別人不如自己受騙上當的意思嗎？總覺得這想法很符合你的風格。」

實際上，我並不清楚丹尼究竟是個怎麼樣的人物。這幾年來，我們並非一直都住在一起。即便如此，我依然莫名有這樣的感想。

「所以我就說你還是個小鬼頭啊。」

難得我最後把話總結得好像很好聽，丹尼卻莫名其妙生氣了。為什麼啦？

「就算受騙上當也總比懷疑別人來得好？哈哈，那麼你遭到詐騙，被盜走金錢後，那些錢會到哪裡去？那一類的詐騙集團通常都會有上游的頭子。然後像這樣奪來的錢又會被拿去利用在新的組織犯罪上。」

到時候你還有臉講同樣的話嗎？——丹尼如此問我。

假如遇到那樣的狀況，真的還能講說什麼只要別人得到幸福，就算自己受騙也好嗎？

「受人欺騙就跟犯下罪過是同等意思。」

丹尼如此做出結論，眼神嚴肅地盯著我。

「那你一開始就那樣講嘛。」

不過他的主張的確也有道理。所謂與其懷疑別人不如自己受騙上當比較好，或許終究只是虛有其表的漂亮話而已。

「……不對喔，那我更要問你為什麼會買那幅畫了。」

你也知道那可能是詐騙對吧？

「有時候即使犯下罪過也會想要把漂亮話放在優先啊。」

畢竟是人嘛——丹尼說著，笑了一聲。

「而且要是哪一天生活有困難的時候，你試著把它拿去賣賣看。我猜這幅畫應該會拯救你喔。」

真受不了。到頭來這幅畫究竟有沒有價值啦？

「這世界上凡事都要看狀況而定，不是只有黑白兩色決定一切。當然也有桃紅色、金色或藍寶石色。遇到事情的當下必須靠自己的眼睛、耳朵、經驗和第六感判斷的狀況可多得是。」

丹尼有如自言自語般如此呢喃著，直接拿起瓶子把剩下的啤酒喝光。

他講這些話對於還是小孩子的我來說，要理解起來有點困難。

「不過只有現在缺錢的事實應該無從懷疑吧？」

「哈哈！一點都沒錯。」

丹尼開朗笑著，就地躺下。然後大概是感到醉意而閉上了眼睛。

看來他今晚真的要在這裡過夜的樣子。

「總之就是這樣，我現在沒錢，所以暫時也沒辦法給你薪水。」

「這裡差不多快要被斷水囉？」

「到時候喝酒不就好了？」

這大叔根本是白痴啊。

丹尼接著真的睡著，於是我只好幫他蓋上一條薄毛毯。

「最近搞不好又有什麼傢伙在追查我。」

丹尼忽然閉著眼睛這麼小聲說道。

照他這講法，對方應該跟上次飛車追逐的那幫人是不同的存在。

「要是那傢伙找上你……」

「我只要回答我不曉得丹尼的下落就好，對吧？」

這就是我們之間的約定。

「沒錯，假如有那種可疑的傢伙試圖接近你，你反而要積極地騙倒對方。」

丹尼躺在地板上給我建議：「這就是你的處世之道。」

「意思是要我成為詐欺師？」

「具有那種麻煩體質的你如果要跟警察或偵探交手，就只能當個詐欺師或怪盜啦。」

「……不要把我必須受警察或偵探關照當成前提行不行？」

「哈哈，那就是你的命運。死心吧。」

要真是那樣，不如當個不分早晚拚命工作的奴隸上班族還好上一百倍呢。

「哦哦，對了。既然都開口忠告，就順便再跟你講一件事。」

唉，你要睡覺還是要講話選一邊好嗎？

「我接下來又要再出門一趟，就拜託你看家囉。」

「什麼看家，我平常就在做了。你這次要去哪？」

我其實也沒什麼興趣，只是隨口問問。結果丹尼回了我一句「去看看日本的海」這種回答。雖然聽起來很抽象，但如果目的是看日本海，那或許是去北陸地方吧。

然而那樣的觀光行程對於丹尼來說終究只是順便而已。

「這次的工作有點棘手。不過唉呀，你就別在意，還是老樣子過著被捲入銀行強盜或劫持事件的日子吧。」

丹尼忽然隱瞞自己的下落也不是第一次了。說到底，這男人並非總是住在這間公寓。因此我只簡單回應了一句：「是喔。」

「我會做自己要做的事情。一直以來都是這樣，今後也不會變。所以你同樣自由過活吧。真要講起來，你不是我兒子，我也不是你父親。我可沒有打算成為束縛你的枷鎖。」

我記得他之前還講說自己是我精神上的父親還是什麼的，看來那也只是臨時想到的胡言亂語而已。

「反正人本來就這樣不是嗎？對，沒錯，這樣就好。我今天、昨天甚至以前好像很偉大地跟你講的那些大道理，你全都可以不理會沒關係。就算你明天被喜歡的饒舌歌手唱的歌詞左右自己的人生，那同樣也是一種人生。」

「你的信念簡直跟棉花軟糖一樣軟啊。」

「哈哈，像鋼鐵一樣堅硬的信念要是哪天被折斷時可就會很辛苦啊。」

丹尼把自己的手臂當成枕頭，閉著眼睛如此笑道。

「一個人的喜好是一連串偶然的延續，生活方式也是一樣。雖然我剛才叫你去當怪盜或詐欺師，但其實你就算反過來成為警察或偵探也沒關係。重要的只有當下那個瞬間，自己究竟想怎麼做而已。」

「那種任性態度可以被原諒的只有小孩子吧？」

「哈哈，說得對。或許是那樣沒錯。」

丹尼說著緩緩起身，瞇著眼看向我。

「但是別忘了，你就是個小孩子。所以再任性更多、要求更多，把自己放在中心。這就是連酒都不能喝、菸也不能抽的小孩子可以獨享的特權。」

「……就算因此給人添麻煩也沒關係嗎？」

「人只要活在世上，無論如何都會給人添麻煩。反正不管怎樣也無法活得一乾二淨，那最起碼要像個人該有的樣子，任性地活，然後任性地死吧。」

有辦法如此斷言的丹尼·布萊安特這個男人眼中映照的，我想肯定是我看不見的景象吧。

◆四月三十日　希耶絲塔

「原來如此，那麼少年正式獲判無罪赦免了是吧。」

在來到日本之後當成住處的古董店內，我坐著安樂椅一邊搖盪，一邊對電話另一頭的風靡如此交談。

現在時刻是下午兩點多。午後柔和的陽光灑入開幕以來還沒有任何客人光顧過的店內，莫名誘人睡意。

『沒錯，實在很遺憾。』

風靡深深嘆一口氣後，『這次又沒能把那個臭小鬼抓起來了。』地說出以她的個性來講，意外明顯好懂的抱怨話。

「我說妳，會不會太討厭他了呀？又不是妳的什麼殺父仇人。」

『如果只是殺父仇人，我還不會執著到這種程度。』

她這句話再怎麼想應該也只是**暗殺者玩笑**而已吧。不過假如有個會頻繁引發類似這次這種麻煩事件的存在，像她這樣的反應或許也無可厚非。

——前天在貸款公司發生的一樁殺人事件中，少年K起初被警方認定為嫌疑犯，然而後來發現他只是基於某種理由包庇了真凶而已。不，就算說他只是包庇真凶，正常來講還是會觸犯另一條所謂的窩藏包庇罪。

可是前天晚上犯人出面自首，於是警方重新訊問針對案發當時的詳情後，得知無論是破壞辦公室現場的監視器，或者竄改電腦的內部資料等等行為，全部都是那名真凶所為。換言之，少年K終究只是**偶然**撿起了掉在地上的刀子而已，不存在任何能夠向他問罪的手段與證據。在這種意義上，也許可以說警察與偵探都完全輸給了那樣一名少年。

『對妳來講應該也很失望吧。』

風靡接著對我也出言表示同情。

『妳本來猜想那傢伙包庇的犯人真實身分，可能就是丹尼·布萊安特對不對？』

對，我一開始還認為這個可能性是最高的。我以為既沒家族也沒朋友的少年K如果自願幫什麼人頂替罪名，那對象或許就是自稱他親戚的丹尼·布萊安特。

然而我這項預測一如整件事的來龍去脈所描述的，完全猜錯了。少年K挺身包庇的對象，只是個初次見面的陌生人。他似乎是希望對自己心中抱持的問題尋求答案，所以做出了那樣的行為。

「這次的確沒能一下子就找到丹尼·布萊安特，但我想近期內應該會有什麼進展喔。」

我這句話並非單純的直覺，而是抱著某種程度的確信如此回應。

『哦？妳那樣推理有什麼根據嗎？』

嗯，確實有幾項根據，不過其中最確定的是……
「抱歉，好像有客人來了。再聯絡。」
我對風靡如此告知後掛斷電話。緊接著……

「妳的外觀跟之前相比改變得可真多啊，白銀月華。」

成為本店開幕後第一位客人的少年——君塚君彥一臉狐疑地看著我。
他似乎對於從警察轉職為古董店老闆的我感到非常奇怪的樣子。
「我就知道你會來。」
讓少年進入店內後，我招待他坐到櫃檯前的椅子上。
少年K依然目不轉睛地盯著我看，並且在那張古董椅坐了下來，同時把抱在腋下的行李輕輕放到地上。
「我再確認一次，妳真的是月華嗎？」
其實在前天晚上，事件暫時算獲得解決之後，我把這間店的住址以及自己的真實身分告訴了少年K……不過……
「你是不是若無其事把我名字後面的『小姐』去掉了？」
明明我現在外觀看起來應該還是二十多歲的成年女性才對，他竟然如此光明正大地不加稱謂，直接叫我的名字。

「我自己也幾經考慮，最後還是覺得對妳不加稱謂，叫起來會比較順口啦。」

真是個自我中心到令人驚訝的少年。雖然說以我實際上的年齡來講，他不加稱謂其實也無所謂啦，不過我總覺得他與人拉近關係的方式非常獨特。

本來我還以為他缺少朋友可能導致與人的溝通能力上有所障礙，但這下看來他反倒是不論面對什麼人都會貫徹自我作風的樣子。那樣的特質或許跟我也有點相似。

「話說回來，妳那判若兩人的變化究竟是怎麼辦到的？」

少年首先注視我的腳尖，然後緩緩把視線往上移動。

「你視線停在胸部的時間特別長呢。」

「……那是妳的錯覺。」

「吶，少年。像我們這種年長大姊姊與年幼少年之間的關係性，你知道俗話上怎麼稱呼嗎？」

「差不多該進入正題了吧！」

他像個小孩子般臉頰泛紅的模樣完全符合我在講的那種感覺，但如果繼續捉弄他會讓對話沒有進展，因此我作罷了。

「沒錯，我正是存在於地下社會的正義使者——**怪人二十面相**。」

我再度報上自己前天晚上告訴少年的真實身分。

「……從長相到身高，全部都跟上次不一樣啊。」

「這張臉是特殊面具，身高是靠隱形增高鞋變化的。」

「真實年齡呢？」

「不可以問女性年齡的事情喔。」

我淡淡微笑後，少年毫不掩飾地露出感到無趣的表情。嗯，那張臉真不錯。

「話說，我其實有件事情想要問你。」

關於前天那場事件，我向少年問起當時忘記確認的疑點。

「你說自己是打算去跟貸款公司借錢結果被捲入事件，但那其實是騙人的吧？」

聽到我這麼詢問，少年頓時驚嚇一下後，「……原來連這點也被發現啦」地露出苦笑。

畢竟我認為像他這麼聰明的小孩子，不可能不曉得那裡是什麼樣的地方而貿然靠近才對。

「你只是當時偶然經過那附近嗎？還是以前跟那裡結過什麼恩怨而被叫到那間辦公室的？」

按照他所謂《容易被捲入麻煩的體質》，應該也有這樣的可能性吧。

「……是後者。但我那時候認為如果把這點老實講出來，會讓自己成為犯人的可能性變得太高了。」

原來如此，那的確是相當逼近危險邊緣的平衡調整。雖然說，我認為真相遲早會曝光就是了。

「可是在被害人的手機通話履歷中，並沒有留下跟你的互動喔？」

當然，我這麼說是已經考慮過刪除紀錄的可能性，將所有檔案都還原過的前提之下。

「是啊，畢竟對方是打給這支手機的號碼。」

少年說著「這是丹尼・布萊安特用過的東西」，並拿出一支手機給我看。

「他似乎根據不同用途準備了好幾支手機，而這個就是他留下來的其中一支。」

——留下來。這講法意味著丹尼・布萊安特現在果然不在少年K身邊。

「然後呢？你來到這裡的理由是**那個**嗎？」

接下來終於要進入正題了。

我把視線看向少年K剛才抱在腋下帶來的那個外面用布料包覆的包裹。

「我今天是來還妳一個人情。」

少年說著，把包著四方形包裹的布料解開。從裡面出現的是幾幅畫作，每一幅都描繪著田園風格的景象。

「這些畫全部都是丹尼的東西。」

原來如此，我的確也聽說丹尼・布萊安特在失蹤前蒐集了很多這類的藝術品與古董。

我會像這樣假裝經營古董店也是基於那個理由。

「意思是說這些藝術品暗示了丹尼・布萊安特的下落？」

「至少我是這麼認為。」

我當初和少年K之間達成的交易是，如果我能證明他在那樁殺人事件中是清白的，他就會告訴我丹尼・布萊安特的下落。

「其實我也不曉得那個男人現在究竟在哪裡，所以拿這東西來代替了。」

「從你的口氣聽起來，你也在尋找那個男人嗎？」

「算是啦。換言之，我們之間是利害一致的意思。」

雖然少年嘴上這麼說，但他卻倏地把視線別開。

──直覺告訴我，他應該隱瞞了什麼。

不過現在揪出這點想必沒有意義吧。而且……

「為什麼你會認為這些風景畫暗示了丹尼・布萊安特的下落？」

從少年口中肯定還能問出更多情報，所以暫時放過他也會比較好。

「丹尼跟我說過，如果他不在了，就把這些畫拿去賣掉。雖然那句話可能單純只是要我把畫拿去賣錢填補生活所需的意思……但是……」

我並不這麼想——少年看著我的眼睛如此表示。

看來他真的認為這幾幅油畫正是暗示丹尼・布萊安特下落的線索。

於是我再度看向他帶來的那些畫作……那些**前天我在他住的公寓已經看過的畫作**。

「原來如此。」

少年肯定萬萬沒想到我早就透過非法入侵看過這些畫，而把它們帶到這裡來的。

不過現在這幾幅畫所具備的意義，跟我當初看到時已經不一樣了。

因為和丹尼・布萊安特之間幾年來建立起關係的少年Ｋ，表示他很確定這些畫中應該有什麼玄機。

「我想說如果是妳，或許能夠看出這些畫中隱含的意義。」

少年Ｋ想必還有什麼祕密無法告訴我。想必還隱瞞著什麼事情來到這裡。

不過唯一可以確定的是，他正在尋求什麼答案。

舉例來講可能是之前他在夜晚的案發現場提到對於親情的疑問，或者是丹尼・布萊安特現在的下落——但不管怎麼說。

「要實現委託人的願望是絕對事項。」

我如此告訴自己。

我與少年K的尋找丹尼・布萊安特之旅，就此開始了。

【某位少女的敘述②】

我將手記暫時讀到這邊，抬起頭來。

「這就是希耶絲塔大人與君彥之間真正的初次邂逅。」

至於她本人則是依舊躺在床上呼呼睡著。

不知道她此刻正在做什麼夢呢？

果然還是跟那個人——當時還稱作少年K的君彥有關的夢吧？

畢竟是在各種事件現場神出鬼沒的那個人，就算在別人的夢中忽然登場應該也不奇怪。

「請問希耶絲塔大人當時對於君彥是怎麼想的呢？」

即使知道不會有回應，我依然對沉睡中的希耶絲塔大人如此詢問。

從手記內容感受出希耶絲塔大人對於君彥的印象，也許是個腦袋聰明且有趣的人吧。或者可能覺得他是個莫名帶有孤獨、虛渺的感覺，內心深藏著某種祕密的神奇少年。

不管怎麼說，希耶絲塔大人當時應該還沒有考慮讓君彥當自己助手的念頭才對……不過有一點可以確定的是，希耶絲塔大人對於出生成長的境遇以及待人處事的方式等等，部分莫名與自己相似的君彥想必產生了興趣。

相對地，君彥對於當時的希耶絲塔大人……不對，應該說神祕的怪人二十面相又是怎麼想的呢？

關於這點，由於我沒辦法翻閱君彥的手記，因此無從知曉。

但總之在利害關係上一致的這兩人，接下來似乎踏上了尋找丹尼・布萊安特足跡的探索之旅。

搞不好這可以說是希耶絲塔大人與君彥之間，所謂最初的共同作業吧。

世界的名偵探與體質上容易被捲入事件的助手——這樣的兩個人湊在一起，絕對不可能什麼事情都不發生的。

希耶絲塔大人肯定也非常清楚這點。

更進一步來說，希耶絲塔大人會不會在這時候其實已經隱約察覺到**那個真相**了……不，這種事再怎樣都是我想太多了吧。

不管怎麼說，我接著要繼續讀下去那幾天的故事，對於他們兩人來講肯定不是什麼無謂的時間。

畢竟他們後來某一天即將展開那段長達三年的冒險，其實開始的契機就在這裡。

【第三章】

◆五月一日　希耶絲塔

我知道這是夢境。

『《原初之種（席德）》，你真正的目的是什麼？』

因為講出這句話的是**過去的我**，然後**現在的我**正浮在空中望著那個情景。

大約一年前，我對某個敵人不斷追查、不斷追查，最終找到一座巨大的鐘乳洞。在那座陽光照不進來的洞穴深處，我找到了巨惡的存在。對方呈現一名白髮青年的外觀，從背部伸出好幾根蠕動的《觸手》。

『那是人類終究無法理解的事情。』

在如此告知的世界之敵面前，我這時早已落敗。無論頭腦或力量都相差懸殊，對敵人來說簡直如同嬰孩的我，只能流著血跪在地上。

我回想起來。這是夢境。

是大約一年前我實際體驗過的恥辱——敗戰的記憶。

『總有一天，我絕對會打倒你。』

當時我頂多能夠做的，就是對不知為何沒有斷送我性命的敵人如此宣告。

『妳還要繼續犧牲同伴嗎？』

結果《原初之種》露出莫名失望的眼神，對明明是獨自一個人前來挑起這場戰鬥的我這麼說道。

敵人緊接著又讓自己接連變化為各種年幼少年少女的外觀，但依然始終沒有要對我做出攻擊的跡象。

『……你想、說什麼？』

最終變身為一名赤眼黑髮女孩的《原初之種》沒有回答我的問題。而他變成的那名少女，我也沒有印象。

結果對方確認我這樣的反應之後，像變色龍般使自己的外觀與周圍同化，當場消失了。

『……我才沒有什麼同伴。』

我失去了從前某一段時期的記憶。

假如敵人剛才講的那句話是真的，難道我以前曾經對自己的同伴見死不救嗎？

如今那已是消失在忘卻彼方的記憶。

過去的我究竟做了什麼事？失去了什麼？

我到底、到底——

「————！」

房間中響起鬧鈴聲，使我從夢境中清醒過來。

明明還不到夏天，額頭與頸部卻冒著汗，沾溼的睡衣也貼附著肌膚。

我調整著凌亂的呼吸並起身，把手伸向放在枕邊的手機。

「……電話？」

剛才以為是鬧鈴的聲響，原來是來電鈴聲。

螢幕上顯示的來電者名字是——君塚君彥。

我這才想起來，我好像有跟他約好今天下午碰面的樣子。

於是我重新確認現在的時間，發現剛過下午兩點。看來約定下午一點這種集合時間對我來說有點太早了。

「哈囉，讓你等很久了嗎？」

後來又過了一個小時。我來到碰面地點的車站前，找到熟悉的身影並上前打聲招呼。

「那種話是頂多遲到五分鐘的人才講的，妳可是晚了整整兩個小時……」

結果那個人物——君塚君彥，也就是少年K一邊抱怨一邊把身子轉過來。

「…………」

然而他一見到我的樣子，倏地又把視線別開。

「怪人二十面相一直變裝可真忙碌啊。」

沒錯，我今天的外觀既非警察也不是古董店老闆，又換了一張新的臉與一套新的服裝。

「我想說要稍微有點私人行程的感覺，所以試著穿上了便服。好看嗎？」

我輕輕捏起裙襬，如此詢問少年。雖然說，從他最初的反應我已經多少猜到他的感想就是了。

「裙子有點太短了。還有針織上衣，該怎麼說？太顯眼啦。」

少年依舊別開臉，嘀嘀咕咕地說道。

「因為我想說要讓你知道，怪人二十面相無論臉蛋、聲音甚至胸部大小都能隨意變化的。」

「假如我在路上遇到不同樣貌的妳肯定也認不出來吧。」

「那麼要不要決定一套暗語？」

聽到我這麼說，少年總算把臉轉過來了。

「只要你誇獎我『妳真是個美人』，我就會回答你『因為我是月華小姐呀』這樣。」

「這下我總算注意到了，妳那個名字也是假名啊。」

原來是花的名字——少年說著，臉上露出苦笑。博學多聞是好事呢。

「然後呢？妳對那些畫真的知道些什麼嗎？」

少年K用半信半疑的態度向我詢問。

他講的就是昨天他拿來給我看的那幅丹尼・布萊安特留下來的畫作。那幅據說是丹尼・布萊安特有一天向神祕畫商買來的畫作，按照少年的說法，似乎可能隱藏著暗示那個人下落的線索。而我們今天預定循著這項可能性前往某個地點。

「嗯，雖然說正確來講應該是我知道有某個人可能會知道關於那幅畫的事情。」

「……真是拐彎抹角的講法。我本來還以為妳要帶我去那幅畫中描繪的地點之類的。」

昨天少年帶來的畫作中描繪的是某種田園風情的景色。

「你以為丹尼・布萊安特就在那個地方嗎？那想法再怎麼說都太單純了。」

雖然我的確對於畫中描繪的風景本身心中也有個底，但我更加重視的是……

「我們去跟繪製那幅畫的本人見個面。」

那就是我們的最終目標。

「不過現在**準備工作**還差了一點。所以在完成準備之前我們就到街上逛逛吧。」

其實我才剛搬到這裡不久呀——我這麼說著，帶頭走到少年前方。

「妳的意思是要我當導遊？很遺憾，我覺得這條街可沒什麼有趣到值得介紹的地方啊……」

少年輕輕嘆一口氣並走到我旁邊，在這條與都會區稍隔一段距離的庶民街開始為我帶路。

「那間吐司專賣店姑且值得推薦啦。雖然現在這個時間應該已經賣完了。」

少年說著，伸手指向馬路對面某間麵包店。在一塊莫名顯眼的大招牌上寫著「**La pamcanella**」的店名……不是 campanella 才對嗎（註 4）？

「連我自己都覺得這店名取得真有創意。」

「為什麼吐司專賣店的店名會是少年取的？」

不要若無其事地忽然講出那樣的情報行不行？

「那家店以前有一次遭遇強盜入侵，但幾經曲折下我幫忙解決了那場事件，於是獲得了店家的命名權啦。」

「明明就有那樣一段故事，虧你還說這條街沒什麼好介紹的。」

註 4　La campanella於義大利文中意為小鈴鐺。這裡將pa與ca調換位置，取日文中麵包（パン，pan）的諧音。

還有拜託你把那段所謂的幾經曲折講給我聽呀。

「啊，還有那間粗點心店。」

對於我的吐槽竟然裝作沒聽到的失禮少年，接著又把視線轉向一間外觀充滿古早味的粗點心店。在店內一塊鋪有榻榻米的空間，可以看到應該是店主人的老婆婆正在喝茶。

「那裡的老太婆啊……」

「怎麼忽然嘴巴變得那麼壞啦？」

「就算冰棒中了再來一支，她也會說自己老花眼看不清楚籤棒上的字，就不換第二支冰棒給人。」

「那的確是臭老太婆呀。」

這時忽然感覺從店內好像有銳利的目光瞪過來，於是我和少年有如臨時舉辦競走比賽般快步離開了。這條街真是有趣呢。

「對了，月華，妳想不想跟未來的自己交談看看？」

「拜託你不要用閒話家常的語氣，忽然講出那種像是有什麼故事即將展開似的事情行不行？」

騙你的，我反而希望你多講一些。我現在感覺越來越愉快了。搞不好比起我的日常生活，少年的日常生活還充滿更多冒險呢。

「有傳言說那座人行天橋下的電話亭，可以和未來的自己講五分鐘的話喔。」

「假如那是真的，我倒想問問看將來的自己是不是和名字叫君塚君彥的男孩子依然相處愉快。」

「妳對我那麼有興趣嗎？」

「以一個觀察對象來說啦。」

就在我們說著這樣愉快的對話時……

「那人吃霸王餐啊！快幫我抓住！」

從背後忽然傳來一名男人大叫的聲音，於是我們轉回頭的瞬間……

「痛啊……」

原本走在我身邊的少年K發出喊痛的聲音。看來他被從背後衝過來的年輕男子撞開了。

「還真是辛苦的人生呢。」

我對一屁股跌坐到地上的少年如此表示同情——並且在短短幾秒內追上轉身逃跑的霸王餐犯人，將他抓了起來。

「……很好，一如計畫。」

屁股還坐在地上的少年這麼說著，對我豎起大拇指。

「我們或許可以成為一對不錯的搭檔呢。」

少年引來事件，然後由我一瞬間解決。

雖然說，那樣一來他被捲入事件的速度可能會隨之倍增就是了。

後來我和少年K又在街上逛了一段時間，我才終於接到一封聯絡信件。寄件人是我在工作上不可或缺的存在——《黑衣人》的其中一名。我這次請他們去調查的內容，是過去三年來在這地方做過**所有生意上的地下交易**。其實那也是以前風靡透過電話告訴我在這條街上發生過的大大小小各種事件——舉例來說像是非法藥物買賣、政治黑金賄賂以及逃稅關聯的物品轉賣等等。據說丹尼・布萊安特當初是向某位女性畫商購買畫作，然而那明顯不是什麼正規的販賣途徑。於是我盯上了這點。

為了調查那樣的非正規途徑，我委託的存在就是《黑衣人》。他們雖然是《調律者》中的十二個職位之一，不過同時也是其中唯一在世界各地擁有大量成員的組織。他們的任務是扮演我們其他《調律者》們的手腳或耳目，協助各種既不會帶來名聲也不會留下功績的使命。

「到了，**那位女性**就在這裡。」

我和少年K根據《黑衣人》提供的情報來到一間畫廊。到頭來，那個目的地其實就在我們剛才看見那家粗點心店的附近，複雜小巷中一棟大樓的二樓。話雖這麼說，但光靠偶然是無法找到這個場所的。

少年K說過，丹尼・布萊安特當初是「向一名在住家附近偶然認識的女性畫商購買了那幅畫」，但這下那個說法變得有點可疑了。

「話說回來，為什麼要到這裡？」

還沒搞清楚狀況的少年K，在進入畫廊之前感到奇怪地看著我。

「這裡的老闆據說有逃稅嫌疑。我覺得這點跟當初透過違法途徑把畫作賣給丹尼・布萊安特的那位畫商有些相符合的部分呀。」

我避開關於《黑衣人》的部分，告訴少年這項假說。

順道一提，風靡當然也有掌握到這項情報，但身為警察若沒有明確的證據是無法行動的。換言之，我現在做的終究屬於非合法的突襲行動。

「怪人二十面相難道也會變身為稅務局職員嗎？雖然說，那的確值得調查看看就是了。」

只要我有那個意思，也不是不能假扮啦。不過這次我是拜託了《黑衣人》。

「詳細的內容，到裡面我會全部跟你講清楚。」

我們互看一眼後，打開通往畫廊的門。

裡面是一個燈光明亮的空間。我們兩人接著踏入那間白色牆壁上掛有各種畫作的藝廊中。

「啊，歡迎光臨。」

就在這時，一名從房間深處走出來的白人女性注意到我們。

對方年約三十歲出頭，臉上帶著美麗又親切的笑容說著「今天本來快要關門了呢」並招待我們。她就是這間畫廊的老闆，也是推測將之前那幅畫作賣給丹尼・布萊安特的女性，名叫克蘿內。

「是這樣呀？我無論如何都希望今天來這裡看看，能趕上關門前真是太好了。」

我裝傻如此表示。其實我本來就想說挑個沒人的時間來會比較好講話，所以才跟少年K閒晃了那麼久，這下看來我在時間上調整得很不錯。現在畫廊中除了我們以外沒有其他人。確認這點後，我向對方開口說道：

「關於貴店販賣的**贗品**，我想稍微請教一些問題。」

霎時，到剛才臉上還帶著柔和笑容的女性畫商——克蘿內的表情明顯變得僵硬起來。她接著快步走向門口掛上「ｃｌｏｓｅｄ」的牌子後，重新走回來。

「妳反應得那麼明顯，我想問的事情就都不用問啦。」

當然，我打從一開始就是抱著某種程度的確信才來的。

「……妳是什麼人？看起來應該不是警察吧？」

克蘿內帶著險惡的表情仔細觀察我全身上下。

至少我現在的確不是警察。

「其實是我們的熟人從妳這裡買到了贗品。這幅畫，原本是放在妳這間畫廊販賣的東西沒錯吧？」

我說著，將保存在手機中那幅丹尼・布萊安特蒐集的油畫作品照片拿給對方看。

「……我不知道。」

那一點都不像是主張自己不知情的人該有的表情呀。不過這點就別跟她計較了。

「丹尼買到的果然是假畫啊。」

少年K這時一臉無奈地聳聳肩膀，但又表示「雖然說，那傢伙即便知道這點肯定也不會後悔就是了」，並露出無力的笑容。

「但話說回來，月華為什麼會知道那幅畫是假的？明明妳並非真的……」

對，我雖然自稱是古董店的老闆，但實際上眼光並沒有厲害到能夠鑑識古董或藝術品真假的程度。即便如此……

「很簡單。因為那幅畫假如是真貨，就絕對不是一般人能夠購買的金額。」

丹尼・布萊安特蒐藏的油畫，每一幅都是**真貨的**市場價格高達數千萬日圓等級的作品。我雖然沒有鑑定畫作本身的能力，但最起碼在知識上知道藝術品的價值。

「……原來如此。那麼萬年缺錢的那個大叔就更不可能買得起那種玩意啦。」

少年依舊帶著苦笑如此點頭。

「那也就是說，現在這裡陳列的畫作也全都是假的嗎？」

似乎對於藝術品沒有什麼相關知識的少年轉頭環顧畫廊，詢問掛在牆上的這些畫作是否也都是贗品。

「不，我想應該不是。」

畢竟這對我來說也不是專業領域，所以很難斷定就是了。但即便如此，如果是具有某種程度價值的畫作，我都有連同畫家個人資料一起當成情報記憶在腦中。然而現場這些畫作沒有任何一幅與我的腦中資料庫相符合。

因此我想這間畫廊中展示畫作，應該全部都是尚未成名的畫家所繪製的原創作品。而既然是不出名的畫作，特地製作贗品也沒有什麼好處才對。

「假如是那樣，這金額可真貴啊……」

少年看著掛在畫作下的價格牌，蹙起眉頭。那種心情我也不是不能理解，但你的行為可真失禮呢。

「對好的作品本來就應該標上好的價格。」

結果原本帶著尷尬的表情沉默不語的克蘿內這時總算開口。她大概明白了假如自己不願說明，我們也就不會離開吧。

「當然，這樣能否賣得出去又要另當別論。」

她如此呢喃的同時，嘴角浮現自嘲。明明是沒沒無聞的畫家繪製的作品，卻堅持以高價販賣的理由是……

「妳的目的並不是錢吧。」

聽到我這麼一說，克蘿內頓時全身僵住。

沒錯，她剛才自己也講了。對好的作品本來就應該標上好的價格。

換言之，她的目的……

「不是賣畫，而是買畫。那才是妳的工作。」

對吧？——我如此詢問後，稍隔了一段時間……

「所謂畫作，到頭來終究是商業市場。」

克蘿內浮現出彷彿對什麼事情感到死心的表情，嘆了一口氣。

「畫家在那幅作品中投入的技術根本沒有關係。只是一群**自稱專家**們天天人為性地創造出新一代明星畫家的藝術品市場。有一群人能夠決定**要把這幅畫當作是出色的作品**，而在那之中沒有真正的藝術。」

原來如此，在這點上所謂的流行服飾大概也是類似的狀況吧。並不是熱賣的服裝成為流行，而是為了熱賣所以定義時下的流行。藉由能夠決定「這就是今年時尚」的人物登高一呼，人為創造潮流。

這樣真的好嗎？——克蘿內就是在如此質問世間。

「我買的不是畫家的名聲，而是技術。因為我希望在藝術之中也能追求真實的存在。」

她這麼說著，望向畫廊中那些現在還沒有名氣的畫家們創作出來的畫作。

由於尚未受到專家們挖掘所以在市場上黯淡無光，但依然是擁有真本事的畫家們繪製出來的作品。克蘿內就是以高價收購那樣的畫作。

「既然妳懷抱那樣崇高的志向，為什麼還要從事什麼贗品買賣？」

少年對於克蘿內那樣乍看之下似乎很矛盾的行為提出了疑問。

「那也是基於我的理想。」克蘿內如此回答。

「你們剛才給我看的那幅畫，的確是複製品沒錯。然而即便是在這行做了十年以上的我，一開始也沒能看出那是複製品。」

她說著，開始講解那幅最終交到丹尼・布萊安特手中的畫作之中存在的特殊性。

「我根據知識，很清楚那幅作品不可能會出現在日本。正因為如此，我才辨識出那是一幅複製品，並非透過鑑定畫作而做出這樣的判斷。」

那就跟我當初的辨別方法是一樣的。然而和我不同的是，克蘿內對於藝術品具備很深的造詣。即便是那樣的她，也沒能當場判斷出那是一幅假畫。可見那是完成度非常高的贗品。

「所以我評價的不是那幅畫作本身，而是畫家能夠將作品模仿到那樣完美的技術。」

「那麼，丹尼難道也是基於同樣的理由，向妳買了那幅畫？」

「不，反而應該說當初是他委託我的。」

到這時，克蘿內才終於講出了我們想要知道的情報。

「他說他認識某位能夠透過特別的技術繪製畫作的人物，所以問我能不能去拜訪對方，將畫作收購回來。」

看來丹尼‧布萊安特說他偶然碰到克蘿內而買了那幅畫也是騙人的。

這兩人難道本來就是生意上的熟人嗎？那麼他又為何要向少年隱瞞這項情報？

「假如真的那麼想要那幅畫，我認為他大可以自己去買啊……為什麼丹尼要繞一大圈特別委託妳去買畫？」

少年似乎也對這點感到疑惑，如此詢問克蘿內。

「……不曉得。畢竟我和那個人之間只有生意上的交流，而且他從來不會讓別人察覺自己真正在想的事情。」

克蘿內注視著白色牆上唯一沒有展示畫作的區塊如此說道。

「我想他心中肯定懷抱著什麼重大的目的……不過，雖然講這種話他可能會生氣，但那個人彷彿遙望著遠方何處的眼神總會讓我感到有點恐怖。」

丹尼・布萊安特從以前就具備好幾種身分。

前《聯邦政府》間諜，組織的背叛者。

私人偵探，又是萬事屋的神祕浪子。

從兒童保育設施領養了少年K的撫養人。

究竟哪個才是他真面目？他的目的又是什麼？如果有辦法和他見到面，是否就能得出這些答案？

「話說回來，沒想到那個人身邊會有像你這樣的存在。」

克蘿內接著轉回頭注視少年K，輕輕一笑。

「再下來呢？你們到這裡來的目的已經達成了嗎？畢竟我曾經違法交易贗品是事實，如果你們要通報警方我也只能服從就是了。」

她開玩笑似地把手伸出來，擺出被繩之以法的動作。

「不，那並不是我的工作。不過最後我還想再問妳一件事情。」

就這樣，我向克蘿內提出了我最想知道的問題：

「妳可以告訴我製作那幅贗品的人物在哪裡嗎？」

我和少年K離開畫廊後，直接前往車站。

我們的目的地是北陸地方。據說繪製了那幅贗品的畫家就在那地區的樣子。從克蘿內口中也有問出那個人物的住家地點，讓我們這下朝目標又接近了一步。

丹尼・布萊安特當初為何會關照那位製作贗品的畫家？他把那幅畫託付給少年K之後藏匿行蹤的意圖又是什麼？為了解開這些謎題，我和少年K兩人搭上了最後一班新幹線，前往北陸。

抵達目的地的車站時，時間已經快到半夜十二點。於是我們決定在一間與車站直通的商務飯店住一晚，好好休息。去跟畫家見面的計畫就等明天早上再說，現在先快快完成入住登記，到房間把行李放下。

「嗯，剛洗好的枕頭與棉被。太幸福了。」

我趴到軟綿綿的床上，全身就沉了下去。

光是能夠在柔軟的被窩中睡覺，就讓人覺得是很幸福的事情。畢竟等到跟世界之敵正式開戰後，肯定很難再享受這樣的奢侈了。因此我決定趁現在緊緊擁抱這份理所當然的幸福。

「來呀，少年。你不一起撲到床上看看嗎？」

「又不是小孩子。」

「是小孩子沒錯吧？」

至少你就是小孩子——聽到我這麼說，少年臉上露出可愛的鬧彆扭表情，在另一張床上坐下來。

「外宿過夜這種事我早就習慣了，而且也不是第一次到這地方。」

所以不會為了這點小事就那麼興奮——少年冷淡地表示。

「哦？那你上次是什麼時候來的？校外旅行嗎？在班上一個人落單會不會寂寞？」

「我上次來是一年前但不是校外旅行，而且不要隨便揣測然後擅自同情我行不行？」

「不過恭喜你喔，這次是跟美女大姊姊兩人一起來旅行呢。」

「但個性太差了，正負相抵只剩零蛋啦。」

「意思是說我漂亮到即使拿個性上的缺點扣分，也不會到負數的程度囉？」

「別發揮那種嶄新的正向思考好嗎？」

再說，妳那張臉也是特殊化妝的結果吧——少年說著，目不轉睛地看向我。

唉，沒能讓他看到我真正的樣貌實在太可惜了。要不要乾脆當成是我的變裝身分之一，找個機會露出原本的臉蛋看看他會有什麼反應好了？

「話說，為什麼是兩人住同一房啦？」

少年接著忽然把視線別開，到現在才提出這樣的怨言。

「因為空房只剩一間呀，我有什麼辦法？啊，這該不會也是你奇怪的體質造成的？實際上是少年本身引發了這樣一幕過夜橋段對不對？」

「才不是我自願引發，我是被捲進來的啊。」

被妳捲進麻煩事中——少年終於把眼睛看著我如此說道。

「那今晚要不要一起通宵玩玩撲克牌之類的？」

「我拒絕。我要自己一個人先睡了。」

「那種發言在懸疑作品中可是一種死亡旗標喔。不過別擔心，偵探小姐會保護你的。」

「這次又要扮成偵探是嗎……真是莫名其妙的怪人。」

少年說得語氣傻眼，不過確實笑了。

當初第一次見到少年時，他臉上帶著彷彿放棄、看開一切的表情。

我那時候不曉得為什麼，覺得他那張臉很美麗。然而現在看到他這樣面露笑容，讓我不禁覺得還是這表情比較好。雖然也沒什麼理由就是了。

「外頭那麼冷，真想泡個澡暖暖身子呢。要不要跟姊姊一起去洗澡？」

「……我拒絕。又沒有必須一起洗的正當理由。」

「像是節省水費之類的。」

「誰會在飯店考慮節省水費的事情啦。」

「剛才你拒絕的時候，前面稍微停頓了一下喔。」

「不要暫時放過又隔一句才吐槽啊！」

少年嘆了一口氣，垂下肩膀。

然而……

「可以跟妳稍微講點認真的事情嗎？」

他接著又抬起頭注視著我。

看來胡鬧時間要告一段落了。於是我用眼神示意他說下去。

「月華，妳究竟是何方神聖？」

少年K試圖探究我這位怪人二十面相藏在面具底下的真面目。

「那個男人……丹尼他沒有回答過我。無論是他平常腦中在想些什麼，究竟在做什麼工作，實際上到底是什麼人物。」

「所以你要問我當作替代嗎？」

少年雖然回應一句「聽起來很奇怪是吧？」卻又接著表示：

「但我就是莫名覺得你們兩個人很相似。」

他這句話出乎我的預料。

關於丹尼・布萊安特這個男人，我實際上並沒有見過面。前《聯邦政府》僱用人員、萬事屋、少年K的撫養人、叛徒間諜——我知道的只是他這些五花八門的身分。究竟少年K是在丹尼・布萊安特的什麼部分看到了我的影子？

「那麼你想知道關於我的什麼事？」

在《聯邦憲章》規定下，我不能公開《名偵探》這個真實身分。然而要是繼續在關鍵部分什麼都不講，可能會導致少年對我失去信賴。如此判斷的我，決定對他稍微把門打開。

結果他立刻對我提出問題：

「妳為什麼要調查丹尼・布萊安特的情報？那是出自妳本身的意思嗎？還是什麼人的指示？」

原來如此，看來他果然對這點感到在意。到目前為止，一方面也由於雙方利害一致的緣故，在這部分並沒有詳細解釋過。但他或許認為兩人如果接下來要進一步共同行動，就有必要在這方面互相磨合才行。

「妳起初是說因為丹尼有竊盜嫌疑。但假如只是為了揭露那種程度的輕犯罪，妳的行動規模未免也太大了。」

少年用銳利的視線看向我。

我很清楚，這並不是能夠永遠蒙混過去的事情。只要觀察我最近的行動，會對這點起疑或感到不解也是難免的。因此為了恢復少年對我的信賴，我決定在可以說明的範圍內告訴他自己的工作內容。

「對於你這兩個問題，答案只有一個——我是基於某項指令在調查丹尼・布萊安特的事情。」

「也就是說月華本身並沒有要找丹尼做什麼事？」

我對他這個問題點頭回應。

但老實講，我本身對於這件事情也並非完全沒有興趣。像艾絲朵爾會如此執著於追捕丹尼・布萊安特的理由就很令人不解，而且少年K到現在依然試圖對我隱瞞關於那男人的某種情報也讓我有點在意。只不過那些終究是我在執行命令中次要產生的興趣罷了。

「命令妳這項工作的人是誰？」

「這點我不能說。而且就算說了，現在的你也無法理解。」

抱歉，這是大人的事情——聽到我這麼說，少年頓時不太高興地把臉別開。接著……

「那至少告訴我，那些人對於我和丹尼來說是敵人嗎？還是自己人？」

——原來如此，就是這點。少年K最想知道的肯定就是這件事。

他對於可能降臨在丹尼・布萊安特頭上的危機變得非常敏感。或者可能是察覺到敵人的存在，而試圖要看清楚對方的真面目。對於這樣的少年，現在我能說的只有一句話，能做的只有一件事。

「唯有一點，我向你保證。」

我這麼一說，少年又把視線看過來。

「只要我站在雙方中間，就不會讓你們遭受單純的敵對行為。我會努力讓雙方都確保最大公約數的利益。」

「……也就是妳要當交涉人？」

「要怎麼稱呼其實都沒差。」

唯一可以確定的是……

「只要你願意提供協助，我就會予以回報。只要你尋求幫助，我也會隨時答應。」

如此一來，我們才終於站在對等的立場——我如此說著，伸手要求握手。結果少年剛開始盯著我的手，後來總算下定決心似地跟我握手。

「雖然我覺得這樣好像我被保護的比重大很多的樣子。」

「畢竟我是大姊姊嘛，多多少少囉？」

就在此刻，我們之間重新締結了協定。

「那我要去洗澡啦，你……」

「明天要早起，我先睡了。」

真是不可愛呢。

◇五月二日 君塚君彥

剛好就在過了半夜十二點的時候，在飯店床上打盹的我忽然聽到枕邊的手機響起。

來電人是——丹尼·布萊安特。

我驚訝地輕抽一口氣後，走到房間窗邊的位置，按下接聽。

『嘿，你現在到**這邊**來了對吧？』

從電話另一頭傳來的口氣與其說是在生氣，反而比較像無奈傻眼的感覺。我一時之間不知該如何回答，結果電話中又傳來深深嘆氣的聲音。

『現在你附近沒有人吧？自己一個人嗎？』

被丹尼這麼一問，於是我重新確認周圍。

「是啊，打從出生以來到現在，我都是自己一個人。」

『哈哈，這回答不錯。』

六十分——丹尼笑著說道。給分還真嚴格。

『——然後呢？為什麼你到這邊來了？』

可是話鋒一轉，丹尼的語調頓時低沉八度。他果然不是完全沒在生氣的樣子。

『我記得我有交代你好好看家吧？』

我回想起三天前晚上，丹尼對我說過的話。這男人當時表示自己為了某一件棘手的工作，暫時都不會回家。

而我也乖乖聽他的話，隔天過著一如往常的日子……但後來卻稍微改變念頭，跟著來到了推測中丹尼應該來到的地方。

『唉，真是不會乖乖聽話的小鬼頭。』

對於沒有遵守約定的我，電話另一頭的丹尼想必感到很傷腦筋吧。

「我到這裡來只是湊巧罷了。因為我忽然想吃吃看富山黑拉麵啊。」

『是喔，那家裡的架子上多得是即食拉麵。你現在馬上回去煮熱水吧。麵條硬度我推薦煮兩分半。』

原來如此。看來我如果不稍微坦承一點，他也不想理我的樣子。

「是你叫我成為一個連警察或偵探也能騙過的詐欺師啊。」

聽到我這麼說，電話中好像傳來訝異停住呼吸的聲音。

『我可不是警察。』

「這只是打個比喻。你實際上是什麼人都沒差——只是……」

講到這邊，接下來的話我卻頓時說不出口。

「你現在人在哪裡？」

於是我如此詢問，代替接話。我知道丹尼應該就在附近，但他現在具體上究竟在什麼地方？而且……

「你所謂的棘手工作到底是什麼？那跟最近有人在追查你的事情有關係嗎？」

我對依然不講話的丹尼一句接一句地提出問題。

結果一段沉默之後……

『為什麼事到如今還要問那種問題？』

丹尼始終語氣鎮定地如此反問我。

『至今我們從來沒有講過那麼嚴肅的話題，你也沒有干涉過我。那就是我們之間的規矩。』

為什麼現在要破壞規矩——丹尼・布萊安特問起我改變想法的理由。然而我的理由就是他自己現在講的這些話。

「你這個人總是到處漂流不定，讓人搞不清楚究竟在做什麼，即使為了工作要出門的時候也從來不會特地跟我提起。然而就只有這一次，你告訴我下一份工作會很棘手……還說暫時都不會回家。為什麼？」

這或許只是我一點都不可靠的直覺。

但我總覺得當時的丹尼看起來有種心中已經做好什麼覺悟的感覺。

「我再問一次。丹尼・布萊安特，你現在人在哪裡？」

我馬上過去跟你會合——我這麼補充說道。

『你能做什麼？』

「誰曉得？或許什麼也做不到吧。」

『那你來幹什麼？』

丹尼似乎莫名焦躁地嘆了一口氣。

我稍微思考之後，開口回答：

「我只是想要知道，導致我變成這種個性的你，現在身邊究竟遭遇了什麼事情。」

然後我希望親眼見證那個結局，就只是這樣。

結果幾十秒的沉默之後……

『……二十小時之後會合。』

地點我等一下再聯絡你──丹尼彷彿輸給了我的任性，這麼說道。

『你這傢伙，變得比當初認識的時候還要麻煩啦。』

接著他又無奈地如此苦笑。

「我可以當作你在誇獎我嗎？」

『給我用功學國文，多讀小說，在登場人物的心境描寫部分畫線標示。』

「假如敘述者不可信賴的時候該怎麼辦？主角可能是個詐欺師啊。」

『哈哈，那種時候就只能從字裡行間去揣摩啦。多學習人際交流能力，訓練自己去猜想別人的心情吧。』

原來如此，這對於至今都是一個人活過來的我而言感覺是難度最高的課題。

『如果辦不到這點，就去收集證據。』

「證據？對發言尋找佐證的意思嗎？」

『對，沒錯。如果搞不懂一個人腦袋在想什麼，就首先觀察那傢伙。用眼睛看、用耳朵聽、用嘴巴交談，收集關於對方的情報。當然，有時候也會遇到對方在撒謊的狀況，畢竟是人嘛，所以不能囫圇吞棗、全盤相信，必須分辨出客觀性的證言、證據、事實。』

丹尼的語氣越說越認真。

『無論什麼時候，重要的都是分析、理論與思考。去思考對方做了什麼，去思考那真正代表的意義是什麼，不要只被話語局限、欺騙。如果沒辦法明白人的心，就相信自己眼睛確實看到的東西。你應該相信的——是現實。』

就靠這樣去慢慢理解人類吧——丹尼最後如此作結。

「只要那麼做，總有一天就能明白了嗎？」

我想自己現在對於丹尼講的內容肯定連一半都還不能理解。

但是為了將來有一天，我這麼問道。

『沒錯，我是這麼認為。』

丹尼胸有成竹地對自己的理論表現出自信。然而……

『但是萬一——有一天真的發生你怎麼也無法處理的狀況，我想到時候應該會出現另一個人物告訴你更好的答案吧。』

「結果你到頭來還是丟給別人嘛。」

我忍不住苦笑。

『哈哈，別太認真。你現在只要把這件事收在腦中某個角落就好。』

丹尼的語氣難得流露出柔和的感覺。接著……

『放心吧。當你碰到必要的時候，總會遇上當下必須認識的人物。今後也一直都是如此。』

丹尼就像是對我這個麻煩的體質附加新的意義般如此說道後，留下一句「我會再跟你聯絡」，便掛斷了電話。

◆五月二日　希耶絲塔

隔天，我們一大早離開飯店，便啟程前往女性畫商——克蘿內告訴我們繪製那幅贗品的畫家所居住的地點。

我們一路轉乘電車與公車，歷經兩個多小時的路程。在遠離都會區的這塊土地走向目的地的住址，最後終於在一片草原的另一頭看到了一座像是教堂的白色建築物。看來我們尋找的畫家就住在那棟設施的樣子。

「是兒童保育設施啊。」

走在我斜後方的少年K如此呢喃。

「可以聽見一群小孩子的聲音，可是看起來又不像是普通的學校。」

據說他被丹尼・布萊安特認養之前，住過一間又一間類似這樣的設施。也許就是因為這樣，讓他很快想到了這個可能性。他那段經歷跟我有些相似的部分。我以前也和同年代的小孩子們一起待過設施。在那裡的生活讓我——

「月華，妳怎麼啦？」

——我回過神發現，少年正露出感到奇怪的表情從一旁探頭看著我的臉。

「妳身體不舒服嗎？是不是吃太多了？」

看來他似乎看出我有些不適的樣子。雖然在擔心的同時竟首先懷疑吃太多的這點讓我不太能接受就是了。

「我想我的變裝應該沒有爛到可以讓人看出臉色變化才對吧？」

「但是妳走路的步調變得有點慢。所以我才想說妳是不是吃太多讓身體變重了。」

又或者——緩緩走路的少年接著說道：

「妳有什麼理由不想靠近那座建築物嗎？」

才沒有那種事——我想。但是難道我遺忘了什麼事情？

對於應該是保護小孩們的設施，我竟然會感到恐懼？——為什麼？

「走吧。」

我不知道。但既然不知道，只能繼續往前走了。

對於自己人生中隱藏的祕密，我要靠自己這雙手去解開。

「想必就是因為這樣，我才會變成偵探的。」

我用誰也聽不見的聲音這麼呢喃。

後來我們抵達那座白色建築物，向庭院中一名坐在輪椅上的男性搭話：

「不好意思，可以打擾一下嗎？」

似乎正在澆花的那名男性聽見我們的聲音，便連同輪椅一起緩緩轉過身來。

從五官看起來他應該來自歐洲，年齡大概七十多歲。一頭白髮梳理得很整齊，配上凜然的面貌散發出文雅的氣質。雖然這種事情應該不會發生，不過他的氛圍甚至讓人覺得好像隨時能夠從輪椅起身，抬頭挺胸站在我們面前一樣。

「我們是——」

「我就在猜想你們總有一天會到這裡來了。」

我和少年Ｋ不禁面面相覷。

然而少年對我搖搖頭，看來他也不認識對方的樣子。

即便如此，我和少年還是先各自報上名字，老年男性也告訴我們他名叫哲基爾。對方接著柔和微笑表示「來，請進」，並自己轉動輪椅，朝平坦沒有高低差的入口玄關行去。那態度彷彿早已知道我們來到這地方的目的。

「有陷阱的可能性嗎？」

少年小聲問我。

「一半一半吧。」

「這樣啊，那要怎麼做？」

「平安無事獲得成果的可能性有五十％，即使受傷但依然獲得成果的可能性有五十％。」

「……意思是不管怎樣都必須進去就是了。」

沒錯。我很喜歡明白事理的孩子喔。

我們就這樣在輪椅老人的帶路下走在一條長長的走廊上，最後來到一間像是大廳的房間。房內可以看到十名左右的小孩子，大家各自隨興地在畫圖或玩拼圖。

「月華，妳看那個。」

少年K指向牆壁上方。那裡掛有各種描繪風景或日常事物的水彩畫及油畫，每一幅的畫風筆觸都不一樣。然而就是那樣毫無統一感的畫法，讓人會聯想到我們現在想找的人物。

「請問兩位對格蕾特的作品有興趣嗎？」

老人哲基爾即使對於年紀遠小於他的我們，也依然用詞禮貌地如此詢問。格蕾特就是我們在尋找的那位畫家的名字。

「請問格蕾特也住在這個設施嗎？」

「是的，基於某種理由遭父母遺棄的她，從小就是在這裡長大。」

某種理由——要說到父母捨棄小孩，能夠想到的有幾種理由。例如家庭經濟上的因素，或者非出於自願的意外懷孕等等。不管怎麼說，看來那位叫格蕾特的少女是遭到本來應該無條件愛護她的父母捨棄而來到了這個地方。

「那畫得非常好。」

我不自覺說出口的，是這樣平凡無奇的稱讚話語。不過格蕾特的畫作真的非常美麗，甚至會讓人覺得她的出生家庭或成長環境等等問題根本都無關緊要。

「然而就她本人的說法，那些似乎還是練習途中的自創作品。」

哲基爾瞇起眼睛，仰望那幾幅掛在牆上的風景畫。然後……

「她所擁有的技術最能得到發揮的，是精細完美的複製。無論眼光再怎麼好的美術商人，想必也看不出格蕾特畫的作品是假的。」

那正是我們也見識過的事情。

哲基爾接著又說：

「格蕾特似乎不太擅於把時時刻刻都在變化的人臉之類的題材描繪在畫布上。不過相對地，假如是把不會隨時間改變的畫作當成範本，她就能夠一模一樣地重現出來。那就是格蕾特的特技。」

「……如果到那程度，根本是特異功能的等級了。」

對於哲基爾的說明，少年K態度上半信半疑地如此回應。結果……

「是的，這裡的孩子們中很多擁有類似這樣的特殊才能或技術。舉例來講，請問你們有沒有聽過『gifted』一詞呢？那是指先天性具備高度智力、藝術性或創造力的小孩子。」

哲基爾坐在輪椅上望著在大廳中玩耍的小孩子們。

「這座『太陽之家』設立的目的就是保護、培育那樣的孩子們。然後很冒昧地，由我擔任這個設施的代表人。」

其實我本來只是個已經退隱的老兵啊——哲基爾這麼自嘲。

「就算說是特殊才能，應該也不是像手掌會噴火，或是能夠瞬間移動之類的力量吧？」

聽到我這麼詢問，哲基爾靜靜點頭。

「是的，**終究是屬於常識的範圍之內**。例如能夠在短期間內理解並應用多種語言，或是將眼睛所見的景象瞬間精確記憶等等。另外也有擅長看出別人的心理，以及自發性夢到清醒夢的孩子。」

「那已經充分超出常識範圍了吧？」

少年K當場吐槽。

結果哲基爾依舊面帶微笑解說：

「不，這些全部都是很現實的。能夠看穿人心的能力在心理學上可以說明，關於清醒夢也是逐漸受到科學驗證的事情。」

「那麼格蕾特呢？」

這次換成我開口問道。

那少女究竟是如何製作出連專家都能騙過的完美贗品？

「她具備超越常人的空間認知能力。也許就是這點加上卓越的繪畫才能，讓她得以完全重現畫作的吧。」

格蕾特能夠將各種事物認知為精緻的圖像——哲基爾如此解說。

我接著再度望向這間大廳，以及在場的小孩子們。他們的年紀小至三歲，大至十二、三歲左右。在這些小孩之中有很多人具備各自的特殊才能，而這座設施似乎就是為了保護那樣的少年少女們而成立的。

這種事情正常人應該很難立刻相信，就連至今被捲入過各種事件的少年K都疑惑歪頭也是難免的。不過我知道其他跟這座設施裡的小孩們一樣……不，甚至更加誇張的存在。舉例來講，像是能夠對《世界危機》相關事態做預言的少女，而那樣的少女過去也曾經受到某個組織監禁。或許這座設施同樣隱藏有什麼其他祕密也說不定。

「可以讓我們和格蕾特見個面嗎？」

根據女性畫商克蘿內的說法，格蕾特從前被丹尼・布萊安特挖掘出她的特殊才能。究竟她和丹尼之間有什麼樣的關係？搞不好可以從格蕾特口中問出什麼只有她知道關於丹尼的情報。如此推測的我——

「——哲基爾！你看這個！」

就在這時，一個活潑的聲音插入我們的對話。

於是我轉頭一看，發現有個身著白色連身裙的紅髮少女正手舞足蹈地朝我們靠近。她看起來年約十一、二歲左右，接著注意到我和少年K的存在後，便「咦？有客人嗎……？」地變得有點害臊，放慢腳步走來。

「妳畫了新的作品嗎？」

哲基爾說著，對那樣的格蕾特柔和微笑。

「嗯！今天我畫了娜塔莉的臉喔！」

格蕾特很開心地把應該是同住在這座設施中的朋友的肖像畫拿給哲基爾看。在畫布上畫的並不是臨摹作品，而是她自己描繪的少女笑臉。

「現在的我應該也能把丹尼畫出來了吧。」

格蕾特有點靦腆地如此呢喃。

她果然知道丹尼・布萊安特的事情。

「妳和丹尼之間是什麼樣的關係呢？」

如此開口詢問的，是少年K。

格蕾特一瞬間露出驚訝的表情，不過就在明白我們同樣認識丹尼後，「呃……」地支支吾吾用畫布遮住自己的嘴巴。看來她個性很容易害羞的樣子。

「丹尼・布萊安特正是讓格蕾特磨練了繪畫技術的人。」

結果代替格蕾特如此向我們說明的，還是哲基爾。

「他從以前就在從事將類似格蕾特這樣狀況特殊的小孩子保護起來的活動。然後為了這些在一般世界生活會有點困難的孩子們，他還傳授給這些孩子們將來有一天離開這座太陽之家後也能獨自活下去的技術。」

——原來如此，也就是賺錢的技術。這下終於全部連接起來了。格蕾特具備的這項製作完美贗品的技術，將來可以成為她獨自一個人也能活下去的手段。或許就是為了教導她這點，丹尼・布萊安特才會收購格蕾特的畫作吧。而且為了不要讓格蕾特認為那是熟人在偏袒自己，還安排正牌的畫商克蘿內居中買賣。

「丹尼他什麼時候會回來呢？」

格蕾特露出寂寞的表情看向地板，「是不是工作很忙呀？」地等待著遲遲不回來的那個男人。按照艾絲朵爾與風靡的說法，丹尼・布萊安特從一年前就行蹤不明。難道後來這段期間，他也沒有出現在這座太陽之家嗎？

「嗯，這很難講。」

不過——哲基爾說著，朝我們……不，朝少年K看過去。

「說不定他會知道答案喔。」

於是我們的視線全都聚集到少年K身上。

「你知道丹尼他現在在做什麼嗎？」

格蕾特努力壓抑自己怕生的個性，畏畏縮縮地詢問少年K。

而我叫了一聲「少年」後，他稍微把視線轉向我。

「你差不多可以把真相也告訴我了嗎？」

那想必就是少年K至今不斷隱瞞的黑盒子。

我雖然也已經隱約察覺，但還是選擇等待他把心中這項重大祕密公開的時刻到來。

「你其實知道丹尼・布萊安特現在究竟在什麼地方對不對？」

這點並沒有確切的證據。不過我這幾天來和他一同行動的過程中，思考他的行動原理，已經充分可以推測出這樣的假說。

我、哲基爾以及格蕾特，在三個人目光注視中，少年K最後面不改色，但稍微吸了一口氣後說道：

「沒錯，丹尼・布萊安特——在一年前已經死了。」

◇五月二日　君塚君彥

「丹尼，你現在在哪裡！」

我對著總算接通的電話如此大叫。

夜已深。屋外除了我沒有其他人影。

『……嘿，你聽起來可真著急啊。』

電話另一頭的丹尼在口氣上還是一如往常地輕鬆灑脫，但總覺得呼吸好像有點急促。

今天凌晨十二點過後還講過電話的我們，本來約好晚上要會合的。但是不管我怎麼等，丹尼一直都沒有現身在碰頭地點。因此我打了好幾通電話，到現在才總算接通。

「！你到底在做什麼……！為什麼沒有來！」

『哈哈，我應該勸告過你。小心別被詐欺師給騙啦，偵探。』

……誰是偵探啦？我忍不住在心中罵了一聲，緊握手機。

電話中不時傳來像是呻吟的聲音。難道他受傷了？

「我現在就過去。丹尼，你在哪裡？」

再一次這麼詢問的我，在當初指定為碰頭地點的海岸快步奔跑。一成不變的黑暗海面景色不斷映入我的眼簾。

『……讓我告訴你一件事。』

「你必須告訴我的只有你現在在哪！」

『在人生中，哀嘆為何事情如此不順、如此殘酷，令人感到絕望的一天必定會到來。』

丹尼不回答我的問題，而是語氣深切地逕自說著。

『至今的日子過得多幸福都不是重點。就算今天算命結果是第一名，就算剛才明明還在為心愛的家人挑選蛋糕，這些都沒有關係。不幸的惡魔永遠不會顧慮什麼時機的。』

「……我還不知道原來你已經結婚成家了。」

『哈哈，因為你沒問啊。』

反正就算我問了你也不會回答吧。

『嗚！在沉浸過遍吞安逸的幸福之後忽然到來的絕望，破壞力可真強啊。』

丹尼的聲音在發抖。那不是由於精神上的因素，恐怕是他的身體面臨著什麼問題。即便如此，丹尼依然不停下講話的嘴巴。

『像是埋怨人生為何如此不順啦，憤怒或悲傷啦，這些清楚明瞭的感情都湧不上來。心中有的，對，只是無處宣洩的空虛感而已。』

而我則是因為不停奔跑的結果，胸口逐漸開始疼痛。腳還能動，手還能擺，但是心肺功能卻跟不上身體，害我嗆到好幾次。

『不過，人就是這麼不可思議。到了晚上會想睡覺，早上起來肚子就會叫。搞什麼，原來感到絕望也只是裝個樣子而已嗎？啊啊，原來這個身體還想繼續活下去嗎？唉，所謂的生存本能還真是麻煩的東西。』

但是啊——丹尼接著說道：

『人就是被設計得這麼精巧。無論面臨多麼不如意的現實，還是要繼續活下去。』

丹尼如此對自己，或者也許是對這個世界吐露感情。

然而在下個瞬間，他又恢復平常大膽無畏的笑聲。

『就算失去了一種生存方式，還是能夠選擇新的方式活下去。不，我們人類就是不得不這樣活下去啊。』

你明白嗎？

丹尼有如教導小孩般這麼說道。

「……你在講什麼，我聽不懂啦。」

喘得上氣不接下氣，腳下被沙子絆到的我，終於當場癱倒在地上。

『哈哈，我也沒叫你現在馬上理解啦。不過上次我也跟你講過了，你總有一天——』

就在這時，電話另一頭傳來其他人的聲音。

一名女性，以及除了丹尼以外的男性。

是誰？丹尼現在和誰在一起？

『……抱歉，看來時間到了。』

「！你在說什麼，丹尼！」

『你聽好，君彥。』

丹尼在我的記憶中第一次叫出我的名字。接著……

『你要活著。』

要一直活下去。

緊接著，槍聲響起。

那就是我生日三天前——最後聽到丹尼的聲音。

◆五月二日　希耶絲塔

「就這樣，丹尼在一年前從我身邊消失了。」

少年K在我們面前敘述著他隱瞞至今的祕密。

就在剛好一年前，少年究竟……不，丹尼・布萊安特究竟發生了什麼事？

關於丹尼・布萊安特失蹤的真相——居然是他早已離開人世，這樣一個最糟糕的結局。

「所以說，丹尼不會再到這裡來。那傢伙已經不在世上了。」

聽到少年這句話，哲基爾閉起眼睛陷入沉默，格蕾特則是大概還無法接受狀況而愣著表情。此刻在場唯一開口的人只有我：

「敵人是誰？」

少年說丹尼・布萊安特當時在電話中吐露著彷彿已經覺悟自己人生面臨盡頭似地發言，緊接著傳來什麼人的聲音以及槍聲。既然如此，最自然的推測就是丹尼最後遭人槍殺了。

「不曉得，我完全沒有頭緒……不過那傢伙以前也有做過會跟各種人物為敵的工作，所以大概是跟什麼人結怨的可能性很高。」

……原來如此。考慮到他曾經是《聯邦政府》間諜的資歷，他會被人盯上性命的理由或許也跟這點有關吧。例如當他正潛入某個組織調查時，被發現是政府間諜而遭到滅口，或是哪個反政府組織試圖從他口中問出機密情報——

「所以你才會一直想知道我對丹尼·布萊安特來說是不是敵人。」

丹尼·布萊安特已經死了。然而還不知道他究竟是遭誰殺害，因此少年才會對如今還在追查丹尼下落的我假裝提供協助，想要藉此收集情報吧。

現在回想起來，當我在警局對少年提起關於丹尼的話題之後，他對我的態度就明顯軟化了。搞不好就在那時候，他已經開始在評估**我的利用價值**。

也就是說雙方利害一致。如同我在利用他一樣，他也試圖巧妙利用我的存在。我為了找出丹尼·布萊安特的下落，少年K為了調查他死亡的真相，我們都在互相利用對方。

「既然這樣，我倒希望你可以再早一點告訴我真相呀。」

雖然在形式上我們為了各自的目的互相合作，我還是一直隱約感覺少年K對我隱瞞了什麼事情。但我萬萬沒想到，那竟然是丹尼·布萊安特的死。

「嗯，我也覺得對妳很抱歉。不過……」

少年K這時忽然苦笑。

「要成為一名能夠騙過警察與偵探的詐欺師——這是丹尼・布萊安特對我的教誨。」

霎時，我感到寒毛直豎。

警察與偵探——那應該只是湊巧挑選的舉例對象而已。

但我頓時感覺好像自己的真實身分被他說中，讓內臟都揪了一下。

明明少年不可能那麼輕易看穿我的真面目才對。

……不，這狀況來講，看穿這點的人並不是少年嗎？

「應該、不可能吧？」

某種假說閃過我的腦海，讓我趕緊搖搖頭。

不過現在還有一點讓我很在意……

「吶，少年，丹尼・布萊安特是真的……？」

死了嗎——這幾個字我沒有接著說下去。

畢竟就算我不講，他應該也能明白。

「……誰曉得呢？很難講。」

少年果然也沒有否定那樣的可能性。對，他並沒有直接目睹丹尼・布萊安特的死狀。終究只有間接性的證據而已。

「正因為如此，我對月華也抱有一些期待。一開始是在調查應該已經身亡的丹尼下落的神祕警察……但後來又發現真面目是在某個組織的命令下行動的怪人二十面相。我認為那樣的妳或許掌握了什麼祕密。」

然而，其實我對於丹尼．布萊安特的死亡真相毫不知情。站在少年的立場來看，我或許害他期待落空了吧。

「不過你之所以挑在這個時機攤牌的意思是……」

「對，我認為透過釋放情報，也許能夠從中看出什麼端倪。」

像現在我們就來到這個地方，查出了丹尼．布萊安特原來曾經參與保護特殊兒童的設施——太陽之家的經營運作。

然後那個男人肯定還有什麼隱藏的祕密，而那個祕密應該也關係到他的死亡真相。所以我們接下來還是會繼續——

「不可能有那種事！」

少女的大叫聲打斷我們的對話。

是格蕾特。她彷彿在否定我們的發言似地不斷搖頭。

「因為、我們約定好了呀……！所以、丹尼他……丹尼他！」

格蕾特接著擦拭淚水，背對我們奔離現場。

在大廳中玩耍的小孩子們也不知發生何事地驚訝望向我們。

「你怎麼惹女孩子哭嘛。」

我如此嘆了一口氣，結果少年K回應我一句：「錯的是那個擅自消失的男人啊。」

不過當我看到他這麼呢喃時的側臉，也沒打算再責備他了。

「請問可以拜託兩位嗎？」

哲基爾露出似乎有點傷腦筋的微笑看向我們。於是我和少年交換視線後，轉身追向離去的格蕾特。

後來過了不到五分鐘，我們兩人便找到格蕾特嬌小的背影。她跑到設施外面一處海岬，背對我們站在那裡。於是我叫了她一聲「格蕾特」，結果她當場肩膀一抖，然後擤著鼻子開口說道：

「我呀，畫不出丹尼的臉。」

她在講畫圖的事。格蕾特平常都是透過完美臨摹對象的方式繪製畫作，然而……

「妳不擅長畫像人的表情那樣會動的東西？」

所以格蕾特只能夠模仿已經存在的作品畫出一模一樣的東西。哲基爾是這麼向我們說明的。

「雖然哲基爾總是用那種講法幫我糊弄過去，但其實不是那樣。**我沒有辦法分辨人的長相呀。**」

——臉盲症。我立刻想到這個病症。

那是大腦功能障礙的一種，簡單來說就是無法認知人臉的現象。雖然能夠將人的眼睛、鼻子等等部位視為臉部的各個零件，但是無法當成集合體認知為一張「臉」。

因此患有臉盲症的人難以感受人臉的表情變化，而且無論關係親密或陌生，都無法區別人與人之間的長相。所以格蕾特才會——

「所以妳都只畫永恆不變的東西嗎？」

聽到我這麼說，格蕾特便「很奇怪對不對？」地自嘲。

「我能夠做的，只是把人的眼睛、鼻子或嘴巴當成一種記號，然後畫到圖上。如果只要求到這樣，就跟平常畫的臨摹一樣，我也可以畫出某種程度的作品。」

可是——格蕾特說著，轉頭面向我們。她那雙大眼睛中已經盈滿淚水。

「對於自己那樣畫完的作品，**我沒辦法知道究竟是不是真的完成了**。我到現在還是不曉得，自己最喜歡的人到底是什麼長相。」

那個最喜歡的人究竟是指誰，自然不言而喻。

「我們約定好了。等我哪一天克服了這個症狀，我就要畫丹尼的臉。然後讓他幫我看看，到底畫得像不像、畫得**對不對**。」

那就是格蕾特說過她和丹尼之間的約定。然而，那份願望已經無法實現了。少年K告知的真相，斷絕了格蕾特的希望。

「不過，其實我心中某個角落早就隱約猜到了。這一年來，我一直等、一直等，猜想著丹尼搞不好已經不會再回來了……可是……」

格蕾特用手掌一次又一次地擦拭淚水，擠出聲音：

「我好希望他還健健康康地活在什麼地方呀……！」

就算約定無法實現，只要丹尼・布萊安特還活著就好。格蕾特如此哭訴。

只是個局外人的我，對於他們之間究竟培育出什麼樣的關係終究不得而知。擅自推想「他們兩人之間肯定存在有如親子般的羈絆」之類的事情都是很冒昧的。他們兩人之間的故事，只屬於他們兩人而已。

因此我無法往前踏出一步，無法伸手幫格蕾特擦拭淚水。我認為那不是自己身為偵探應該做的工作。任性妄為的溫柔與體貼是拯救不了任何人的。因此今後我依然會用我自己的做法──

「我啊，其實也不曉得丹尼真正的面貌。」

如此插入對話的，是那個和我一樣實在稱不上具備溫柔與體貼的人物。然而他卻毫不猶豫地走近格蕾特，穿過我身邊向那女孩說道：

「那傢伙在我面前從來沒有發自內心笑過、哭過、生氣過。簡單來講，那男人一直都沒有讓我看過他私底下的表情。」

少年這麼描述自己的經驗。

沒錯，他這行為並不是出自什麼溫柔或體貼。

那是他兩年來體驗到的客觀性事實。

「所以我也不知道丹尼真正的臉是什麼樣子。」少年K用柔和的語氣附和格蕾特。

「不過就算不知道臉是什麼樣子，我依然記得很多事情。像那傢伙因為喝酒抽菸而嘶啞的嗓音，還有濃到不行的髮蠟氣味。對了，他還會用又粗又硬的手粗魯拍打人的肩膀。我想我肯定不曉得他真正的面貌，但他的聲音、氣味或手的觸感，即使過了一年依然留在我的記憶中。」

吶，格蕾特——少年K如此向對方說道——妳是不是也一樣呢？

「……嗯，我也一樣。」

在隔著少年的另一邊，格蕾特即使眼眶泛紅也稍微露出了微笑。

「而且丹尼他總是很開心地在欣賞妳的畫。還說過比起任何大道理、任何人生哲學，他更想要珍惜妳那美麗的畫作。」

格蕾特聽到他這麼說，頓時睜大眼睛，接著又滲出淚水。

「……這樣呀。就算要花很多時間，我還是想畫畫看丹尼的臉呢。」

一陣風吹過，讓格蕾特的紅色秀髮輕柔搖盪。

「嗯，我想他肯定也在等妳的畫。」

少年用溫柔的話語鼓勵格蕾特。

然而從我的位置看不見他此刻臉上帶著什麼樣的表情。

「——累死了。」

在飯店的洗手臺前，我看著鏡子中脫下變裝面具的臉，忍不住這麼自言自語。

沒有化妝也沒做任何處理，自己原本的臉蛋。白色肌膚配上碧藍眼眸。雖然相較於同年代的小孩子們感覺比較成熟，但客觀上來講還是帶有一點稚氣。

我輕嘆一口氣後，脫掉身上的衣服。接著就這麼走出洗手間，房間裡空無一人。

我和少年K在那座兒童保育設施暫時分頭行動了。他似乎有什麼事情想要自己一個人靜靜思考，因此在輪椅老人哲基爾的一番好意下決定留在設施過夜的樣子。

相對地，我則是獨自循著和當初前往時完全相反的行程一路轉乘公車與電車，回到了住宿飯店。為的是要處理幾項工作。

「好久沒有一個人了。」

我身上只穿著內衣褲，倒在床上。

反正現在沒有人在看，這點程度的不檢點應該還在容許範圍內才對。以近乎全裸的狀態包裹在棉被中，莫名讓人感到心情放鬆。或許胎兒時期就是這樣的感覺吧。

「差不多該聯絡了。」

但我也不能一直懶散下去。現在既然已經查到關於丹尼・布萊安特的新情報，就必須向上頭報告才行。

於是我拿起手機，思考該如何跟《聯邦政府》高官——艾絲朵爾匯報。首先是關於丹尼・布萊安特對一群具備特殊能力的孩子們執行保護措施。

「艾絲朵爾知道這件事嗎？」

丹尼・布萊安特對於小孩子們的這項保護活動，我覺得和他擔任《聯邦政府》間諜的任務內容應該沒有關聯性。

那麼說，這是他個人從事的工作嗎？而且由於這項活動形成了某種導火線，讓他遭到什麼人殺害的可能性非常高。在這點上，從他一年前來到這個地方工作時遭人殺害的事情也能得到佐證。

既然如此，那個敵人……那個犯人的目的是想要妨礙丹尼・布萊安特對小孩子們的保護活動嗎？到底為什麼？

「看來向上頭報告還太早了。」

我在腦中整理自己現在必須做的事情。首先，我想先查出丹尼・布萊安特一年前究竟是和什麼人敵對。為了達成這個目的，我或許有必要離開這個地方。

另外，跟艾絲朵爾聯絡之前，還有一件事我想要自己一個人先仔細思考——就是關於丹尼・布萊安特身亡這件事本身。

當然，對於他失蹤長達一年的真相，我也不是完全沒有考慮過他其實已經不在世上的可能性。甚至應該說那是第一個必須考慮的假說。

即便如此，我到了最近卻逐漸把那項可能性從腦中排除的理由，就在於和丹尼・布萊安特之間的關係應該如同家人的少年K明明知道這個真相，卻始終沒有在我面前露出過馬腳。

他的態度看起來簡直就像把丹尼・布萊安特已經身亡的事實遺忘得一乾二淨，而和我合作試圖解開真相一樣。當然實際上並非如此，他腦中一直清楚認知丹尼・布萊安特的死，而且還進一步想要利用我解開關於丹尼之死的真相。

「這和腦袋聰明有點不同呢。」

我剛開始認識少年K的時候，以及後來知道他假裝自己是殺人事件犯人的時候，都覺得他是個腦袋非常靈光的少年。為了達成目的甚至不畏懼自我犧牲，能夠將縝密的計畫確實執行。

但是我這個感想也許錯了。他心中還是抱有恐懼，對於可能讓自己缺少什麼的行為會感到畏怯。然而，他卻能夠**完全隱瞞這點**。

我起初覺得他是個平凡無奇的少年，後來知道他腦袋非常聰明，而如今甚至對他感到有些害怕。

我本來認為他跟我很像。無論是感情缺乏起伏的部分，或是與他人間建立距離的方式。然而，他其實跟我不一樣。

他內心具備強烈的感情、衝動與心願，但是為了達成目的，他能夠完全扼殺自己的感情。能夠讓自己扮演一名愉快的角色。比起什麼怪人二十面相，他臉上戴的面具更是厚上百倍。

「你真正的樣貌是什麼？」

我把手伸向天花板。

總有一種感覺，我這雙手終究無法摘下他的面具。

「……我到底在想什麼？」

無意間，我發現自己居然抱著今後也要跟他繼續扯上關係的念頭。

那是為了執行任務嗎？——還是……

「看來我果然累了。」

我把手放到自己額頭上。

接著，把不經意浮現後者的可能性拚命從腦中消去。

『妳還要繼續犧牲同伴嗎？』

巨大邪惡存在的聲音在腦中響起。

我知道。

我知道了，你別再出來——我用右手揮散那個幻象。

『——啊，終於接電話了。』

就在這時，從枕頭邊的手機傳出女孩子的聲音。

看來是對方打電話來的時候，我的手無意間碰到了手機畫面的接聽按鈕。而且那還是一通視訊電話。

「……哦哦，米亞。好久不見。」

我重整情緒，如此回應通話對象。雖然我是在無意間講出「好久不見」這句話，不過我和她確實也有一個禮拜左右沒講過話了吧。當初我準備動身前往日本之前，在倫敦和米亞・惠特洛克見過一面。

『是呀，一個禮拜沒……呃、學、學姊？妳、妳那打扮是……』

我躺在床上把手機高高舉起，看到畫面中的米亞忽然變得慌張失措。這麼說來，我身上還只穿著內衣呢。

『嗚！妳可是守護世界的正義使者，請妳多注意自己的行為呀。』

米亞雖然用雙手遮起泛紅的臉蛋，卻依然可以透過指縫間看見她的眼睛。這孩子到底是想要怎樣？

「抱歉抱歉，我正打算要換衣服。」

我撒了個小謊並放下手機，將放在一旁的浴袍套到身上。

「然後呢？妳找我有什麼事嗎？」

我和同為《調律者》的《巫女》米亞會定期交換關於《原初之種》(席德)的情報，也經常像這樣通電話。但今天應該不是定期聯絡的日子才對。

『——是，我或許終於找到對《聖典》中記載的未來做改變的可能性了。』

出乎我預料地，電話中傳來米亞認真嚴肅的聲音。

她所說的《聖典》，是《巫女》記載世界危機相關預言的書本。

根據現況，我似乎確定將來有一天會輸給《原初之種》陣營下的敵軍幹部。而我們為了改變這樣的未來，日復一日研擬著作戰策略。

「妳說的可能性，難道是關於《特異點》(Singularity)嗎？」

我再度拿起手機，如此詢問米亞。唯一能夠改變《聖典》記載的命運的存在——《特異點》(Singularity)。以前米亞向我說明過，所謂的未來會以那個人物為基礎點，分岔為好幾條不同的路線。

然而那個《特異點》究竟何時會誕生在什麼地方，非常難以得知，只能等待《巫女》預視未來的能力**偶然**觀測到那個存在的時候到來。不過米亞剛才確實表示，她或許找到了改變未來的可能性。

——我難以壓抑心臟激烈跳動。

就這樣，我從米亞口中聽到了她所看到那個《特異點》的真實身分。

『……學姊？』

好一段沉默之後，米亞擔心地叫了我一聲。

「不，沒事。我只是——」

只是想說，我最近好常聽到那個名字呢。

【某位少女的敘述③】

「故事就這樣連上了是嗎?」

我暫時闔起希耶絲塔大人的手記,忍不住嘆一口氣。

被揭露的丹尼・布萊安特失蹤之謎的真相。

以及君塚君彥身負的黑暗與祕密。

希耶絲塔大人想必接著就要開始面對這些問題吧。

「實際上,那個人究竟是什麼存在呢?」

我對睡在床上的希耶絲塔大人如此說道。

少年K——君塚君彥。目前為止在希耶絲塔大人的手記中登場的那個人物,感覺起來跟我認識的君彥相差並不多。

講好聽一點是酷,講難聽一點就是冷漠。

但是又具備幽默感,也能在關鍵的時候發揮溫柔與體貼。

雖然剛開始會感覺難以親近,不過交談起來就會發現意外有趣。

明明平常總是顧面子愛耍帥，卻偶爾會變得笨拙的地方讓人覺得有點可愛。

總覺得全世界好像只有自己能夠成為真正理解他的知音——我是這麼認為。

我們都**被誘導下如此認為**。

「究竟被誰誘導？」

我不經意對於此刻不在這裡的少年K……不知為何，開始感到有點恐怖。明明我只不過是個人工智慧，講起來真是奇怪的事情。

「不過，希耶絲塔大人倒是早已注意到君彥那樣的特異性了。」

希耶絲塔大人在這個時間點，已經察覺到君彥不知是故意或無意間戴著面具的事情。

無論真心話、感情、自己的目的或心願，全部都收在上了鎖的盒子中。只是在表面上扮演著乍看好似有氣無力而缺乏感情，但深入認識後會發現意外有趣——這樣一個方便處世的人物。

既然如此，看穿這個真相的名偵探接著會採取的行動是……

「……唉呀？」

對後續發展感到在意的我重新翻開手記，卻發現希耶絲塔大人每天留下的紀錄卻在這裡中斷了。

後來希耶絲塔大人究竟是怎麼與君彥交流的？

現在的君塚君彥，依然還是當時戴著面具的少年K嗎？

我為了尋求答案而翻動手記，但空白的頁面不斷持續……直到最後，希耶絲塔大人的手記都沒有再度記載。

說不定這是希耶絲塔大人在暗示「不要繼續窺探我的隱私」吧？我猜。

即便如此，在這段空白的日子中，那兩人的故事依然在延續是不爭的事實。

「你說對不對，君彥？」

我對此刻不在這裡的他這麼說道。

來，請告訴我吧。

你和希耶絲塔大人接下來到底經歷了怎樣令人眼花撩亂的冒險活動呢？

【第四章】

◆五月三日　君塚君彥

早上醒來，陌生的天花板映入眼簾。

話雖如此，但應該不是我忽然昏倒後在不知情中被送進醫院之類的。

「……哦哦，我留下來過夜啦。」

這裡是那座外觀有如教堂的兒童保育設施——太陽之家。據說是設施代表人的輪椅老人哲基爾出自一片好意，讓我留下來過了一晚。

這裡是他借給我使用的單人房間。我從床上起身後，隱約有種腦袋模糊的感覺。睡眠時間應該很充分才對，但疲勞似乎沒有獲得消解。原因恐怕就是我直到剛才做過的夢。

——一棟民房遭到烈焰包覆，從裡面傳出小孩子哭叫的聲音。

消防隊還沒趕來。偶然經過這裡的我就跟其他圍觀者一樣，只能束手無策地愣在原地。

『那我稍微去去就來。』

然而在群眾之中，唯獨那個男人和大家不同。

他抓起一桶水從自己頭上潑下來後，便走向烈焰熊熊燃燒的民房。

『哈哈，畢竟小孩子在等我啊。』

我想我應該有上前制止他。

由於是夢境，我記得不太清楚，而且那也不是現實中發生過的事情。

但我唯一可以確定的是，夢中的他……丹尼笑著踏入火場之中。

我即使拚命伸手，也抓不到他遠去的背影。

「那只是一場夢。」

就在我對那段難受的夢境回想結束並獨自呢喃的時候，電話響起。

我確認畫面上顯示的名字，深呼吸一口氣之後按下接聽按鈕。

『早安，沒有我陪伴還睡得好嗎？』

電話中傳來陌生的聲音。

不過從剛才顯示的名字來看應該不會錯吧。

「還好啦。但是我有點懷念月華打鼾的聲音啊。」

『……我才不會打鼾。』

應該啦——她有點不滿卻又沒什麼自信地嘀咕。

『真受不了你。人家難得擔心你的說。』

原來如此。她似乎由於昨天的事情，在關心我的狀況。

月華在那之後表示自己有工作要處理，就一個人回飯店去了。因此留在太陽之家過夜的只有我一個，不過看來她還是為我擔心到會打這通電話關切的程度。

「妳人真好啊。」

我姑且如此平凡回應。

『畢竟我是大人嘛。』

結果回來的卻是這樣像個小孩子的發言。

我猜她果然實際年齡跟我差不了多少吧？

『怎樣？』

「沒事。」

不過話說回來，為什麼月華要那樣讓自己的外觀一變再變呢？像今天大概也用了變聲器，聲音聽起來跟昨天不一樣。看來她非常不願意公開自己真面目的樣子。

那是月華本身的做事風格嗎？還是賦予她什麼使命的那個背後組織規定的方針？不管怎麼說，她肯定還瞞著我非常多的事情吧。

然而我目前沒有去揭穿那些祕密的念頭——只要那和丹尼·布萊安特之死的真

相沒有扯上關係。

「然後呢？身為大人的月華小姐今天是扮演什麼角色？」

我切換自己的思緒，如此向她抬槓。

『我剛沖完澡出來還沒穿衣服啦。全身光溜溜喔。』

「在打電話前拜託妳先穿衣服好嗎？」

太糟糕了。就算她真的是個大人，也是個糟糕的大人啊。

『少年喜歡什麼樣的角色扮演呢？』

一大清早是在跟我扯什麼話題啦。

『要是不在衣裝打扮上先講好，下次你就算遇到我也認不出來不是嗎？』

原來如此，看來是為了下次碰頭才講這件事的。

……還會有下次嗎？雖然我不知道究竟會因為什麼事情被她叫去見面，但還是姑且深思熟慮後回答：

「護士，要不然就是啦啦隊員。」

『哦～果然是那樣的……』

「會這樣回答的傢伙只是外行人。」

『外行人？』

月華感到奇怪似地複誦我講的話。

「如果是真正的專家。」

『什麼專家？』

「家庭餐廳的制服絕對少不掉。」

『…………』

電話陷入沉默。

「再來就是便利商店，或者速食店制服。」

『…………』

看來電話收訊不良的樣子。大概因為我用的是兩代前的手機型號吧。

「妳從哪邊開始沒聽到？」

『我全都聽到了。』

「這樣啊。那我們差不多進入正題吧。」

畢竟人生有限，胡亂鬼扯淡之後必須比平常更爭取時間才行。

月華究竟是為了什麼事情打電話給我的？

『嗯，關於這點呀。』

然而她口氣聽起來莫名難以啟齒的樣子。

『因為是很重要的事情，我希望能當面跟你講。』

我會在今天之內把自己的事情辦完——月華如此表示。

原來如此，果然下次見面已經是確定事項的樣子。

「哦哦，好。那時間地點要怎樣？我預定等一下就會回去了。」

我認為自己本身在這座設施必須做的事情應該已經結束。昨天是一方面因為疲憊的關係才留下來休息一晚，但我打算今天就會打道回府。

『其實我這邊基於某些理由可能暫時沒辦法接電話，所以會再找時間跟你聯絡。』

「妳真忙啊。」

『畢竟我是月華小姐嘛。』

那兩件事有啥因果關係啦？我們接著互道一聲「再會」後，切斷通話。

始終都在抬槓的電話結束之後，房間又恢復一片寂靜。

在靜悄悄的空間中，我腦中重新回想月華剛才說過的話。

「是跟丹尼有關的事情嗎？還是……」

她所謂重要的事情，正常來想應該是前者吧。昨天我和月華道別後，自己一個人思考過關於丹尼的事情。

但真要講起來，我其實根本沒有必要花那個時間才對。關於丹尼．布萊安特已經死亡的事情，在我心中早就告一段落了。然而這次由於和月華相遇，讓我又開始了針對丹尼思考的每一天，並得知了新的事實。

丹尼・布萊安特曾經在這個北陸之地收容保護具有特殊背景的小孩子們，這很像是那個男人會做的事情。他肯定沒有考量什麼得失利弊，只是根據他自身的哲學在從事這樣的活動吧。

「那我呢？」

獨自一個人被留在那間公寓的我，也許對丹尼來說並不是需要特別保護的對象吧。就像在夢境裡，無論我如何拚命伸手，丹尼依然頭也不回地闖入了熊熊燃燒的烈焰之中。

「那樣就好了。」

丹尼和我才不是什麼父子關係。我們絕非什麼家人。

我這並不是在鬧彆扭，也不是在諷刺什麼。

實際上，那就是我們之間的相處方式。

——這時，傳來「叩叩」兩聲敲門的聲音。

我出聲回應後，格蕾特打開了房門。

「呃、那個、早餐，請問要不要跟大家一起吃呢？」

大概還難掩害臊，不過依然克服了昨天那件事的格蕾特對我露出靦腆的笑臉。

那行為彷彿是在邀請我進入大家的圈子……加入丹尼・布萊安特建立的家族之中。像這種時候，究竟該露出什麼表情才正確？得不出答案的我，回應她一句「我馬上過去」並點點頭。

苦笑依舊是如此方便。

我就這麼意外受邀參加了設施的早餐時間。像這樣和其他人，尤其又是和一大群人圍著桌子用餐，對我來說是好久沒體驗到的景象。

抱著些許困惑的我，將麵包與濃湯一口一口放入嘴中。不久後，格蕾特坐到旁邊來跟我聊起許多事情。話題大半都圍繞著丹尼……然而在她回憶中的那個男人，跟我知道的丹尼有些不同。

據她說，丹尼每次到訪這座設施都會帶禮物來給小孩子們，或是面帶笑容誇獎小孩子們的特技與個性，聽起來簡直有如一名真正的父親。

「……喂，這差異會不會有點太大啦？」

我忍不住對如今已不在世上的那位自稱師父這麼抱怨。無論我怎麼回想，都幾乎想不到那男人有誇獎過我什麼的記憶。更別說是禮物了，他可是個**在人家生日三天前消失的男人**啊。唉，真希望他最起碼幫忙支付一下家裡的電費呢。

——如此在內心嘀咕埋怨的我，現在用完早餐後正前往哲基爾的房間。對於我這個應該是外來的人物，他似乎有什麼重要的事情要跟我講的樣子。

這麼說來，昨天我和月華來到這座設施的時候，哲基爾一見到我們就說出「我想你們總有一天會到這裡來」之類的話。那究竟是什麼意思？我抱著這樣的疑惑，敲敲哲基爾房間的門。

「歡迎，請進。」

我打開房門，坐著輪椅的哲基爾便招待我進入房內。房間的格局看起來像一間辦公室。哲基爾就在牆邊的書架前，正把書拿到手上。

「其實我請你來是想拜託你幫忙推動這個書架。」

唉，看來我是被當成便利幫手叫到這裡來的。不是說有什麼重要的事情要講嗎？但畢竟有一宿一餐之恩，我只好在內心嘆著氣，走向書架。

「左邊或右邊，要推到哪邊呢？」

我代替哲基爾站到書架前。但是這架上擺有幾百冊的書本，如果不暫時清空也沒辦法搬動吧……正當我想著這種事情的時候……

「可以請你把它往裡面推嗎？」

哲基爾這麼說道。既非右邊也不是左邊，而是要把書架往裡面推。

但這個大書架本來就貼著牆壁設置，正常來想就算往裡面推也沒有意義才對——不過……

「……這裡是什麼機關屋嗎？」

我姑且試著按照哲基爾的指示，用雙手把書架用力往深處一推，結果看起來像書架的那玩意居然有如一扇門往另一側打開，露出我還沒見過的場所。

「看來我昨天沒有回去是正確的選擇。」

雖然我還猜不出這裡面究竟有什麼東西等著我就是了。

我和面帶微笑的哲基爾交換視線後，我們便進入那扇機關門的內部。在一條微涼的走廊上，自己操作著輪椅的哲基爾說道：

「這座設施，以及現在這個空間，本來其實也是當成丹尼・布萊安特的藏身處。畢竟他是個經常亂來的男人，因此也樹敵無數。」

哲基爾口中形容的丹尼，在某種程度上符合我認識的那個男人。

他以前經常不在我住的那間公寓，想必有不少時候是藏身於這個地方吧。一方面為了躲避敵人，一方面恐怕也是為了和自己心愛的孩子們相處。

「其實我對於他究竟從事什麼工作，在什麼原委下創立了這座設施等等，都只知道片段性的情報。那男人甚至給人某種極力不想讓自己活過的痕跡留在這個世上的感覺。」

不過——哲基爾說著，在一面牆壁前停下來。

錯了。看起來像牆壁的那玩意，是個巨大的保險櫃。

「這個保險櫃中，留著丹尼・布萊安特直到過世之前一直藏匿、關於某項工作的機密情報。然後他曾經向我這麼交代。」

總有一天，能夠打開這個潘朵拉盒子的孩子們肯定會現身。

哲基爾這麼說著，從輪椅上抬頭看向我。

那眼神感覺不同於平常態度溫和的老人。

「二年前，就在他失蹤後沒多久，這個太陽之家收到一封信件。信中寫有類似暗號的數列，經過解讀後出現了應該是這個保險櫃轉盤鎖的密碼。」

「……聽你講得好像很簡單，難道是那麼容易可以解讀的暗號嗎？」

假如是任何人都有辦法解開的暗號，總覺得就沒什麼意義才對。

「是的，只要交給量子電腦分析，短短幾年就能輕鬆解開了。」

這位老人似乎意外是個懂得開玩笑的類型。

「只不過，在這座設施中有個**對於計算稍微比較拿手的孩子**。多虧有他，只花幾天就解開了謎題。」

「……看來人類輸給ＡＩ或機器人的那一天還有得等呢。」

哲基爾在講的，恐怕就是跟格蕾特一樣具備超越常人的技術或才能的**資優兒童**（gifted）吧。換言之，丹尼應該是為了什麼目的，將那些小孩們收容保護到這座設施的。

「然而即使轉動了轉盤鎖，還是沒能打開這個保險櫃。這個巨大的黑色箱子其實還有另一個小小的鎖。」

哲基爾瞇起眼睛注視的部分，可以看到在保險櫃的轉盤鎖附近有個小小的鑰匙孔。也就是說如果沒有符合這個孔的鑰匙，就絕對打不開這個黑盒子。

「請問你明白我想說的意思了嗎？」

哲基爾依然盯著保險櫃如此詢問。

「……講這話也太奇怪了。」

不，我甚至連自嘲都說不出口，只能嘆一口氣，用認真的表情回應。

「我根本連那傢伙的家人都不算，他怎麼可能會把那麼重要的東西託付給我。」

丹尼・布萊安特究竟是想要保護這個東西不受什麼人、什麼存在侵犯？

就連這種事情都從來沒被告知過的我，沒理由會擁有哲基爾所說的鑰匙。

「透過感情做出什麼決斷，是非常困難的一件事。」

這時，哲基爾柔和的聲音傳入我耳中。

我轉頭一看，發現一雙年老而慈祥的眼眸望著我。

「人常說，所謂的人生是一次又一次的選擇。不過我總覺得，在做選擇的基準上看重自身感情是很令人不安的事情。喜怒哀樂，人無法永遠保持在這些感情起伏最大的瞬間——也就是激情的狀態。然而當面臨必須做出重大決斷的時候，我們卻往往會把信賴放在那樣變動不定的激情上。」

即便是活到這把年紀的我也一樣——哲基爾如此自我警惕。

「在一片混沌的感情奔流之中，我們總是會被當下最為明顯的激情所支配，並託付自身的決定。然而到了明日天亮，在那裡的又是不同的自己。」

他究竟想說什麼，想對我表達什麼，根本用不著開口確認。但是假如這樣，我又到底該怎麼做才好？

如果說不能依賴感情，我此刻能夠信任的是——

「——記憶嗎？」

自己發生過的事情。實際體驗過的客觀性事實。

對，那是我自己昨天才告訴過格蕾特的話。

當心中搖擺不定、難以決斷的時候，能夠依靠的就是刻劃在自己腦中確實的記憶。

在那兩年間，丹尼・布萊安特對我說過什麼？讓我看過什麼？託付給我過什麼？究竟是——

「看你的表情，是找到了什麼頭緒嗎？」

哲基爾這句話讓我頓時回過神來，轉頭一看，發現那老人臉上再度浮現微笑。

「我並沒有要你現在馬上回答的意思。因此請你把答案放在心中，去做自己該做的事情吧。」

他如此說著，推了我一把。將一切託付給我。

包括打開這個巨大潘朵拉盒子的鑰匙，以及權利。

「經歷一場大冒險，到最後解開隱藏的祕密。背負這種使命的，永遠都是像你這樣的年輕人。老兵只能在一旁靜靜觀望。」

哲基爾雖然口中如此自嘲，卻表情滿足地緩緩眨動眼睛。

接著又附加一句「就算你現在聽起來覺得太誇張也沒關係」之後，他說道：

「希望有一天你能讓我這老人家也見證看看，一段激情也能化為武器、顛覆世界的精采故事。」

◆五月三日　希耶絲塔

昨天和少年K在太陽之家道別後回飯店過了一夜的我，今天飛到了更北方的大地——北海道。當然，我的目的並不是來玩或觀光，而是為了某項工作。身為一名偵探，就必須具備隨時能前往任何地方的行動力才行。

「嗯，真美味……從原料上就很講究呢。」

雖然在季節上已經是初夏，不過這個地區依然氣溫微涼。即便如此，還是不能錯過地方美食。因此我舔著冰淇淋，邁步走在遼闊的藍天下。

在深受地方鄉親們喜愛的便利商店買來的這個冰淇淋，跟全國連鎖店賣的東西就是不一樣。我來到這塊土地後，到現在吃過的每一道冰品都非常美味。

「我就說我不是來玩的呀。」

身為一名偵探，所有行動背後都具有意義。嘗完冰品後想吃點辣的我，接著來到一家位於市區邊緣的拉麵店。

這裡並不是會登上雜誌的那種出名店家，給人一種內行人才知道的隱密感。掀開門口的布簾進去一看，店內也沒有其他客人。

我在餐券機點了一碗玉米加量的味噌拉麵後，坐在吧檯座位等待三分鐘。接著伴隨店長一句「嘿！久等啦！」的吆喝聲，玉米粒和豆芽菜多到快要滿出來的味噌拉麵便上桌了。

香濃的氣味誘人食慾。我首先品嘗一口湯頭——真美味。雖然從剛才好像就只會講這句話的樣子，但反正我也不是什麼美食評論家，所以沒問題。對，我終究是一名偵探。

就這樣吸一口麵，嘗嘗玉米和豆芽菜，又繼續吸麵，約五分鐘便全部吃光了。正當我拿紙巾擦拭嘴巴的時候，剛才那位店長又面帶笑容向我說出「最後可以加白飯到剩湯裡吃喔」的建議。真是奢侈的一項提案呢。我在心中感謝著店長的好意，然而卻這麼回答：

「那麼，請給我一份咖哩飯。」

霎時，店長的表情僵硬一瞬間。

不過他接著又問我「辣度呢？」這樣的問題。太好了——**有通呢**。

「麻煩七分辣。」

聽到我這麼回答，店長便表示「我明白了」，並退到廚房深處。

他這動作就是信號，而我們剛才那段對話是暗語。

於是我從座位起身，打開店內深處一扇寫有「禁止使用」的廁所門。結果門內不是廁所，是一間小小的空房。在那裡除了另一扇門之外，沒有其他東西。

我毫不猶豫地打開那另一扇門——這次出現在我眼前的，是一個有如小酒吧的空間。

「找到了。」

在酒吧的吧檯邊，我看見了這次想找的人物。

「您好，布魯諾先生。」

我如此問好後，坐在吧檯座位的白鬍子老人便輕輕舉起他正在喝的酒杯。

「可以請妳把身上的東西全部放進那裡面嗎？」

不知不覺間，一名身穿深色西裝的男子出現在我背後。是《黑衣人》。

於是我把自己的手機放進他拿在手上的布袋中。

「不好意思必須這麼謹慎。我並不是對妳不信任的意思。」

「沒關係，從您的立場來考量，這麼做也是當然的。我樂意配合。」

這就是和他私下單獨見面時的絕對條件——不可將任何通訊裝置帶進會面現場。不過考慮到他的職位，這麼做也是應該的。《調律者》布魯諾的職位是《情報屋》，不允許任何情報外洩。

「不好意思，讓妳專程跑到這樣的北方國度。」

「不，我反而很慶幸您剛好在國內。」

畢竟世界是很廣闊的——聽到我這麼說，布魯諾先生輕笑了兩聲。

他是一位在世界各地到處跑，有如資料庫般不斷蓄積各種知識的流浪者。那就是他身為《情報屋》的生活方式，而透過這樣獲得的知識，便可在其他《調律者》與《世界危機》交戰的時候發揮用處。

「然後呢？名偵探小姐，妳似乎有什麼事情想問我吧？」

布魯諾先生品嘗著紅酒，詢問我的來訪目的。

我其實在昨天就和他取得聯絡，得知他現在剛好在日本國內，於是像這樣約定見面了。

而我現在對於身為《情報屋》的他想問的事情只有一個：

「是關於丹尼・布萊安特的事情。」

聽到我這麼說，布魯諾先生默默飲著紅酒讓我繼續講下去。

「一年前，丹尼・布萊安特遭到某人殺害。他當時的敵人究竟是誰，可以請您告訴我嗎？」

我在對方知道丹尼是什麼人物，而且也知道他已經身亡這件事實的前提下如此詢問。畢竟《情報屋》比起世上的任何人……甚至比《聯邦政府》的高官更清楚世界上所有的事情。

即便如此，政府高官艾絲朵爾在搜尋丹尼・布萊安特的行動上並不會尋求《情報屋》協助。不，應該說她無法那麼做。《情報屋》布魯諾・貝爾蒙德的個人哲學是——**除了本身的使命以外絕不將自己的知識分予他人**。這是身為知道世上一切情報的存在所必須遵守的使命。

「情報是一種武器。」

布魯諾先生放下酒杯，開口說道。

「那比世上任何病毒、任何核武都要恐怖。因此掌握情報的人應當對責任有所自覺，關於情報的利用上必須隨時謹慎小心。」

「我明白。掌握情報的存在有必要限制在一定的人數之下。《巫女》的《聖典》本來連政府高官都無權閱覽就是這項道理的證明。」

過去也曾發生過光是一名間諜帶走單單一項情報，結果就讓一個國家毀滅的案例。有些時候，人的知識甚至可能連整個世界都遭到毀滅。

「還有布魯諾先生**埋在體內的膠囊炸彈**。那個引爆開關掌握在《黑衣人》手上所代表的意義，我也非常清楚。」

布魯諾先生無時無刻都受到世界各地的《黑衣人》們監視自己的所在地。萬一他遭受什麼組織綁架與拷問，在他無法自我控制之下洩漏情報之前，《黑衣人》會引爆他體內的炸彈——這就是掌管世界知識的存在所背負的生活方式。

「既然明白這點，**白日夢**，妳依然要向我尋求情報嗎？」

布魯諾先生用這個名字稱呼我。眼神既非在瞪我，也沒有對我冷淡睥睨。只是這個世界的知識本身在詢問我。

即使對於可能破壞世界平衡的危險性抱有自覺，也依然有覺悟獲知情報嗎？

「是的，我判斷這是即便要背負覺悟也必須詢問的事情。」

我毫不猶豫地回答。正因為我有那份覺悟，現在才會來到這地方。

「當然，我不會奢望您把一切都告訴我。我只是想要知道丹尼·布萊安特過去面對的敵人究竟是什麼存在，即便只是表面的部分也好。」

「如果是身為《名偵探》的妳，我想應該遲早可以得到答案吧？」

布魯諾先生瞇細眼睛，注視依然站直身體的我。

「……是的，總有一天。但我有種預感，如果無法在此刻這個瞬間知道，可能就會發生無法挽回的事情。」

聽到我這麼表示，布魯諾先生搖搖頭說著「真是模糊曖昧的理由呢」，並且繼續講道：

「雖然妳說可能發生無法挽回的事情，但說到底，凡事本來就難免會有犧牲。如果世界做出那樣的選擇，我們有時候就得接受它。我們必須接受它。唯有在世界的平衡可能大幅傾斜時才出面調整。這就是我們的使命。」

妳明白嗎——布魯諾先生雖然口氣溫和但態度嚴厲地如此告誡我。畢竟是《調律者》之中最資深的他講出口的話，分量自然不同。這絕不是講講華而不實的漂亮話就能帶過的場面。

我們沒有能力拯救所有的人，不可能做到不讓任何人受傷。《暗殺者》也好《發明家》也罷，甚至連《吸血鬼》想必也會講同樣的話吧。我自身也無法否定這點。假如否定這點，等於是對至今一路來守護這個世界的人們最大的侮辱。

在明白這個道理之下，我依然……

「只要讓我現在得知這項情報，將來必定有一天能夠保持世界的平衡。」

所以請您把殺害丹尼．布萊安特的敵人告訴我——我如此懇求，並鞠躬低頭。

「意思是說這項情報會影響到將來某一天拯救世界危機嗎？為何妳會這麼認為？」

直覺告訴我，這就是他最後的問題了。

我接下來的回答將會決定一切。對，我必須說出一個讓對方能夠接受的答案。

究竟該怎麼說，才能說服眼前這個世界的知識庫？為了這個目的，我必須搬出的武器是什麼？

身為一名偵探，或者身為一個人，我擁有的是什麼？

——不對，錯了。應該思考**我欠缺的是什麼**？

「一直以來，我都沒有詢問過您我自身最希望知道的情報。」

我依舊低著頭，如此開口。

「這樣的我，如今不是為了自己本來的任務，**只是為了一名才剛認識不久的少年而像這樣低頭懇求**。這份覺悟，就是我現在能出示的答案。」

我擁有的東西，根本程度有限。

面對一名歷經過我十倍以上的人生、知曉世間一切的存在，我不可能有任何能夠對抗的武器。

因此我將自己欠缺的東西反過來當成矛槍。

也就是我失去的某段記憶。

那是我一直想知道的事情，一路來尋找的解答。

不過關於這點，我總有一天會自己找到，會以身為一名偵探得出答案。

「只要您將那份知識分享給我，就能拯救一名少年。而那名少年將來總有一天，會成為甚至足以偏移這個世界中心軸的特異點。」

所以拜託您，僅此一次就好——

「——曾經，有一群自詡為正義的自警隊。」

世界的知識接著如此開口說道。

「將流通於世界上的貨幣單位當成各自代號的那群人，據說曾為了討伐某個巨大的邪惡而齊聚一堂。」

酒杯伴隨靜謐的聲響，被輕放到吧檯上。

「那個巨大邪惡的名字，就叫丹尼·布萊安特。」

◆五月三日　君塚君彥

我在太陽之家從哲基爾口中聽說關於丹尼·布萊安特遺留下來那個保險櫃的事情後，接著便踏上了歸途。從公車轉乘電車，坐上新幹線，接著又是電車。抵達離家最近的車站後再走十分鐘，便能看見我已經看慣的老舊公寓。

「我本來就打算要回來了。」

我不自覺嘀咕著這樣沒有意義的自言自語。

不過也的確，光是能查出丹尼以前很寶貝的畫作背後隱藏的真相，這次訪問太陽之家的行動就已經有充分的意義。然後我只是帶著那樣的成果，如今回到自己的家而已。因此我並非認真期待哲基爾所謂的什麼保險櫃鑰匙，**搞不好就在我家**之類的。

我為了如此說服自己，才講出那樣的自言自語。

踏著已經爬習慣的鐵樓梯，來到家門前轉開門把——映入我眼簾的，是跟出門前沒有任何改變的房間景象。

然而，這對我來說卻不是什麼理所當然的事情。光是最近，這個家就不知被什麼人闖過空門。家裡窗戶裝的是以前丹尼莫名講究而使用的強化玻璃，究竟那個犯人是怎麼入侵到家裡來的？

「……這麼說來，那次闖空門事件和我認識月華是在同一個時間點啊。」

不過當時家裡卻沒有任何東西遭竊，只是原本應該收在壁櫥深處的幾本雜誌不知為何被排列到書架上而已。

「那場意義不明的闖空門事件，該不會是月華搞的鬼吧？」

她從當時應該就在追查丹尼的下落，因此如果假借調查的名義幹出那種事情也不奇怪。看來下次見到她時，必須好好質問一番才行了。

我接著輕輕嘆一口氣，走向衣櫃。將我平常不太會碰的那扇櫃門打開後，從裡面竄出刺鼻的氣味。櫃中收藏著大量的破銅爛鐵，然而那些並非我孩童時代留下來的玩具，全部都是丹尼·布萊安特出門旅行的過程中收集來的紀念品。

我從那些堆積如山的破爛之中，挖出一把用陶土製作的**萬寶槌**。那玩意乍看之下只是個平凡無奇的地方傳統工藝品。不過如今若要為它附加什麼特別的意義，那就是——一年前，丹尼·布萊安特在北陸之地斷絕了消息的三天後，這東西透過郵寄被送到了這個家。

現在這房間裡到處都是我沒有興趣的美術品和古董，全部都是那個男人買來的東西。然而，它們原來並非丹尼愛亂花錢、喜歡蒐集或者因為老好人的個性而收集的玩意。

舉例來講，像是那幅**作者不明**的油畫，實際上是他生前抱著某種信念貫徹到最後的工作所留下的成果。既然如此，他從自己的喪命之地特地寄回這個家的裝飾品假如同樣具備什麼意義，那就是……

「——有了。」

萬寶槌摔落在地板上。

從破裂的陶器碎片之中，我撿起一把鑰匙。

這究竟是什麼鑰匙，不用猜也知道。然而藉由這把鑰匙從那個黑盒子中究竟會冒出什麼「祕密」就不得而知了。

丹尼·布萊安特到底是何方神聖？他經營那座設施收養保護擁有特殊能力的小孩們，背後真正的意圖是什麼？一年前，他是和什麼人交戰，試圖從什麼人面前逃脫？在他面具底下隱藏的真面目究竟是什麼？

即便有這麼多疑問，現在唯有一件事情可以確定。

此時此刻，丹尼·布萊安特遺留下來的東西就握在我手中。

他故意挑在五月五日寄到這個家的——贈送給我的這把鑰匙。

「首先要報告才行。」

我用冒汗的手掏出手機，從通話紀錄撥打電話給月華。

必須向她報告我順利找到鑰匙的事情……不對，應該先從保險櫃的事情開始講起吧。我在腦中排列著說明順序並等待接聽，然而電話中卻遲遲聽不到她的聲音。

「……這麼說來，她好像講過自己暫時沒辦法打電話。」

我回想起今天早上月華說過的話。

她說等她事情辦完之後會再跟我聯絡。

我不禁自嘲：「也太著急了吧。」

光是因為這種程度的事情，我內心就在期待著什麼。只不過是丹尼·布萊安特或許將什麼東西託付給我，這樣僅僅是可能性的假說，我居然就——

這時，握在手中的手機忽然震動起來。我猜想也許是月華已經辦完她所謂的事情而回撥電話給我，於是立刻按下接聽按鈕。

然而，來電的人物卻是……

『啊、喂喂？呃，這是君塚同學的電話號碼沒錯吧？』

月華才不會那樣稱呼我。也就是說……

「……妳是之前那位畫商？」

聽到我如此詢問，對方便「啊，太好了」地鬆了一口氣。

『對，我是克蘿內。上次受你關照了。』

原來如此。這麼說來兩天前我們準備離開那間畫廊的時候，為了今後可能還會再請她提供關於丹尼的情報，所以交換了彼此的聯絡方式。

『其實我只是有點在意後來事情變得怎麼樣了。呃，畢竟我跟這件事也不是完全沒有關係。』

這麼說來也沒錯。克蘿內當初是扮演丹尼與格蕾特之間的橋梁，而且這次我和月華也是多虧她提供情報才找到了太陽之家，進而得知丹尼生前從事的工作。然而我卻徹底忘記要向克蘿內報告這部分的事情了。

於是我重新將事情的真相、丹尼留下來的保險櫃，以及就在剛才找到了鑰匙的事情告訴克蘿內。

畢竟我想說與生前的丹尼有生意往來的克蘿內，搞不好可以提供什麼新情報。

然而……

『原來如此，是這樣呀……』

她聽起來像在思考什麼事情似地小聲呢喃後，接著表示『對不起，我完全不曉得這件事』，並且感覺在電話另一端對我搖搖頭。

「這樣啊……沒關係，別在意。我現在準備再去一趟太陽之家。」

一切的事情都等我將這把鑰匙插進那個保險櫃之後再說。如此一來，就能解開據說是丹尼留下的最後「祕密」了。

那是關於他工作上的機密情報嗎？還是關於他當時交手的敵人？不管怎麼說，我有必要知道這件事。身為被託付這把鑰匙的人，我必須見證丹尼·布萊安特留下來的遺志。那恐怕就是我最後能做的——

「就這樣，克蘿內。我會再跟妳聯絡。」

我對著電話如此表示的同時走向玄關，穿上皮鞋。

只要現在馬上出門，應該勉強可以趕上最後一班電車才對。

我在腦中計算著前往那座設施的最短途徑，並轉開家門的門把。

「不，沒有那個必要。」

當我打開門，發現有一名女性站在門外。

是那位女畫商——克蘿內（註5）。

「因為我接下來也準備要到那個地方去呀。」

她有如魔女般揚起塗有口紅的嘴角。

霎時，我的視野陷入黑暗。

——不知過了幾個小時。

當我清醒時，眼前一片漆黑。

「……嗚！這是、怎麼回事？」

我搞不清楚現在自己到底面臨什麼狀況。

在硬邦邦的地板坐起上半身，頓時感到腰部與背部一陣疼痛。

這感覺很像是長時間被人硬塞在什麼狹窄局促的空間中所造成的疼痛。然後我腦中第一個想到的居然是這種形容，讓我不禁對自己容易被捲入麻煩事件的體質深深嘆息。

註5　Krone為流通於北、中歐的貨幣，中文一般譯為「克朗」。本書中配合女性人名譯為克蘿內。

就這麼胡思亂想間，我的眼睛逐漸習慣了幽暗的環境。從屋外有微弱的月光透進來的這個地方，看起來有點眼熟。

「——太陽之家。」

是那間大廳。可是為什麼？我今早和哲基爾交談過關於保險櫃的事情之後，應該已經離開了這地方。然後回到自己家，發現鑰匙，接著……

「原來是這樣。」

我回想起自己失去意識前一瞬間的景象。

看來我是被**那傢伙**綁架，帶到這裡來的。

「妳的目的是什麼，克蘿內？」

我對著黑暗中蠢動的人影如此詢問。

從大廳深處——走到月光下現身的禮服打扮女性注視著我，「不好意思喔，對你做出這樣粗魯的行為」地向我道歉。

「……克蘿內，妳到底是**什麼人**？」

我搖搖晃晃地站起身子。

可以確定的是，她絕非一名普通的畫商。除此之外，我只知道她從前和丹尼之間似乎有過生意往來。但如今看來，這點也不保證是不是真的了。

然而……

「我嗎？我只是個**正義使者**。」

克蘿內卻說著這種話，並伴隨「喀、喀」的高跟鞋聲響從右往左走去。

「這年頭的正義使者居然還會綁架中學生嗎？世界真是無可救藥啦。」

「最近暗黑英雄也能當主角囉。」

你不看電影的嗎？——克蘿內這麼詢問。才不，那可是我唯一的興趣。

「若要說妳是暗黑英雄，假如沒有壞到徹底的反派登場可就令人難以接受啊。」

至少對付的敵人必須凶惡到讓人覺得綁架一名年幼中學生的行為，根本是小事一樁的程度。

結果克蘿內呢喃一句「是呀，沒錯」並遙望遠方。

「對我來說，他毫無疑問是那樣的存在。」

他——究竟是指誰？克蘿內沒有說出答案。

就算我再度開口詢問「妳綁架我來有什麼目的？」她也只是回應：

「遇到自己不清楚的問題就馬上問別人，並不是一件好事喔。如果抱著那樣天真的想法，可是會輕易受騙上當的。」

……是啊，沒錯。所以我現在才會上了克蘿內的當，被帶到這裡來的吧。

那麼她究竟為什麼要綁架我？

總不可能因為我就是對她來說的那個反派才對。

既然如此，代表她的目的並不是我本身？

被克蘿內綁架之前，我還在跟她通電話。

當時她問過我什麼？我又講過什麼？

那時候克蘿內想要知道的情報是……

「鑰匙嗎？」

我很自然地得出這個答案。假設如此，接下來浮現的疑問就是她為何會覬覦那把鑰匙。想當然是為了打開保險櫃。那麼也就是說，克蘿內知道那個黑盒子裡究竟藏了什麼東西，而且想要得到手嗎？

「沒錯，這一年來，我想要得到的就是丹尼・布萊安特藏在保險櫃裡的『祕密』。」

克蘿內總算自己主動開口了。

「然而那個保險櫃在尺寸上實在不是能夠直接偷出來的玩意，而且還裝了如果強硬打開它就會瞬間爆炸的機關。因此我只好等待能夠打開它的鑰匙出現了。」

克蘿內以前在丹尼的委託下，為了收購格蕾特的畫作，曾經拜訪過這座設施。難道是那時候已經對保險櫃做過調查嗎？

或者克蘿內剛剛講說「這一年來」，換言之她可能也是在一年前的那一天——丹尼死亡之後才得知保險櫃的存在。不管怎麼說，藉由和格蕾特建立關係而獲得某種程度信任的她，要進入這座設施本身應該不是什麼難事。

「我等待了好長、好長的時間。然後就在這時，你出現了。身在這座設施外部，並且與丹尼．布萊安特有關係的人物。畢竟他是個謹慎小心的人，所以我認為他會把鑰匙託付給像你這種人物的可能性非常高。」

上次你來到我這裡時，我好驚訝呢——克蘿內注視著我如此表示。

那天是我和她初次見面。那麼她就是在當時盯上我的嗎？

假如這樣，也就是說她從那時候便對我設下陷阱了。故意將丹尼的情報提供給我，誘導我來到設置保險櫃的太陽之家。

「我趁那個輪椅老人不在的空檔，偷偷在保險櫃的房間裝了竊聽器。多虧如此，你的行動完全在我掌握之中。」

……原來如此。所以她才會知道我今天回到公寓找鑰匙的事情，並預先埋伏。

「那個保險櫃裡面裝的到底是什麼東西？」

「嗯，其實我本來也可以在這裡把那東西拿給你看的。可是……」

克蘿內表情有點寂寞地如此呢喃。

不過我緊接著知道，那態度實際上是感到失望的意思。

「**你那把鑰匙是假的**。」

克蘿內告訴我，靠我那把鑰匙沒能打開保險櫃。

「別說是轉動了，根本連鑰匙孔都插不進去。那或許只是為了欺騙試圖打開保險櫃的敵人而準備的假鑰匙吧。」

克蘿內接著講的話都沒有聽進我腦中。

一切終究是我想太多。在生日當天，丹尼或許託付給我什麼重要的東西——這其實只是我一廂情願的妄想而已。

我應該早就明白才對。包括我當初沒有被帶到這座太陽之家，而是獨自一個人被丟在公寓所代表的意義。對那男人來說，我並不是家族中的一員。

「你還有想到其他頭緒嗎？」

克蘿內這時終於向我提出具體的問題。她想必是指真正鑰匙的下落吧。所以她才會為了保險起見把我也帶來這裡嗎？為了萬一遇上那把鑰匙派不上用場的狀況。

但很遺憾，關於答案我根本無從得知。丹尼沒有留給我任何東西。

「這下怎麼辦？我對妳來說已經沒有用處了吧？」

「……嗯，沒錯。你的確既不是這座設施的小孩，也沒有真正的鑰匙。不，應該說**看起來像是沒有真正的鑰匙**。」

克蘿內又伴隨高跟鞋的聲響來回走動。

「但是丹尼·布萊安特絕對會把線索的種子留給小孩們。就算他們自身沒有察覺這點，在腦中——海馬迴的某個角落絕對留著關於鑰匙的記憶才對。」

看來克蘿內對於曾經是敵人的丹尼，在這點上非常信任的樣子。

「可是那又怎樣？就算小孩子們真的在不自覺中知道鑰匙的下落，你們又要如何得知？難不成要剖開腦袋確認嗎？」

我說著這樣光是講出口都覺得很低級的玩笑話，試探克蘿內的反應。

「嗯，那也不錯。」

但是見到敵人面不改色的態度，我頓時無法接話。

「我想到最終手段就是遠渡重洋到某座孤島去。」

在那裡有我們的同伴——克蘿內說出了對於現在的我來說很不利的情報。

「身為醫師的那個人在島上做與人腦相關的研究，擁有干涉大腦的特定記憶區域消除某段記憶，或是反過來挖出某段記憶的技術。」

「……嗚！難道妳想要把小孩子們集體綁架到那地方嗎？簡直太亂來了。只不過為了調查根本不曉得是否存在的記憶，做出那樣大費周章的事情……」

「這麼做還有另外的目的。」

來回走動的克蘿內忽然停下腳步。

「那座孤島上正在做某種臨床試驗。我們的同伴是那裡的主治醫生，然後這座設施的小孩子們是很特別的樣本。這些孩子肯定能夠成為出色的容器。」

容器？她這下又在講什麼？

即使我疑惑歪頭，克蘿內也只是面帶冷笑，不再進一步具體說明。

不過至少聽到這邊為止，我腦中已經浮現了近乎確信的假說。

關鍵的丹尼・布萊安特留在保險櫃中的東西究竟是什麼，我並不知道；然而覬覦那東西的克蘿內，甚至擬定了如此大規模的計畫是不爭的事實。

關於丹尼的事情，現在還有我不曉得的祕密，而克蘿內應該知道那個內容。丹尼和克蘿內之間存在有我想像以上的恩怨關係。既然如此，與自稱正義使者（暗黑英雄）的克蘿內對立的敵人幾乎可以確定就是丹尼・布萊安特不會錯。然後丹尼・布萊安特在一年前身亡，也就是說——

「一年前的那一天，殺害了丹尼・布萊安特的人就是你們對不對？」

聽到我這麼說，克蘿內瞇著眼睛靜靜點頭回答：「沒錯。」

「……嗚！混、蛋。」

就在我準備衝過去毆打克蘿內的瞬間，回過神卻發現自己倒在地板上。本來以為是自己急躁過頭絆到腳，但事實上恐怕不是那樣。

「對不起喔，我稍微掛了一點保險。」

克蘿內一步一步走過來。我大概是被施打了什麼藥物，雙腳使不出力氣。

「你身體真是健壯。不但清醒得比預期還早，而且你現在其實就算全身肌肉無法動彈也不奇怪的說。」

在距離我幾公尺前方停下腳步的克蘿內呢喃一句：「要感謝媽媽把你生得這麼強壯呢。」

「……很遺憾，我從沒見過自己的母親啊。」

而且如果要說這身體稍微比一般人健壯，那也是由於這麻煩的體質讓我後天性鍛鍊出來的。我以前不但被捲入過幫派間的爭鬥，甚至也有過偶然碰上強盜事件結果被痛毆的經驗。所以我的身體對於異常狀態或負傷早就習以為常了。

「克蘿內，為什麼妳……為什麼你們要殺掉丹尼？」

然後我不懂得放棄的個性想必也是源自於這個體質。

既然都會被捲入麻煩，就乾脆徹底插手到最後的最後。

這就是具備這項體質的我唯一能夠選擇的人生態度。

「真是堅強的孩子。」

克蘿內說著，開始在我周圍走動。

「我們和丹尼・布萊安特之間的關係非常單純——追捕者與被追捕者。那個人掌握了某項『祕密』，而我們基於一些理由不能放過那樣的他。於是我們和那個男人就持續交戰了。」

以前丹尼有事沒事就會說有什麼人在追捕自己。那樣的存在想必很多，不過其中最有代表性的肯定就是克蘿內這幫人。克蘿內當初大概是隱藏自己的身分和丹尼接觸的吧。

克蘿內接著表示「他真的是個很頑強的男人」，並開始描述起過去的丹尼：

「無論我們再怎麼擬定策略將他逼到絕境，他在最後總是有辦法躲避、逃脫。」

彷彿在回憶從前的戰鬥般，克蘿內遙望遠方。即便如此，他們之間的戰鬥究竟結局如何，唯有最後的落幕方式我也知道。因此接下來從克蘿內口中要敘述的，只是為何最終會演變成那場悲劇的過程而已。

「凡是人必定都有其弱點。你知道對那男人來說是什麼嗎？」

克蘿內向我問起丹尼．布萊安特的弱點。

換個方式講，也就是那傢伙究竟恐懼什麼。

人一般會對什麼感到害怕？——就是自己珍惜的東西被破壞。

那麼人究竟會珍惜什麼？——性命嗎？還是……

「家人。」

答案很快就出來了。雖然不伴隨現實感。

但是最近我才透過某樁事件，親眼目睹過那樣的感情、那樣的現象。

然後重視家人的心情，肯定對任何人來說都是普遍性的東西才對。

「不過丹尼哪有什麼家人……」

我講到一半頓時想到。

有。那傢伙確實有家人，就是住在這座設施的年幼孩子們。

「沒錯，對於丹尼・布萊安特來說唯一的弱點，就是這座設施中收養保護的小孩子們。我因為他提出的那份委託，確定了這點。」

那份委託——肯定就是指丹尼拜託克蘿內來收購格蕾特畫作的事情。當時克蘿內聽到這樣的請求，因而明白對丹尼來說，太陽之家的孩子們是無比重要的存在。

然後她恐怕就是**利用了這點**。

「一年前的那一天，我們在這座設施裝設了炸彈。」

克蘿內敘述起一年前我聽到那通電話的另一頭發生的事情。

「當時將丹尼・布萊安特追逼到某處的懸崖邊緣後，我們給了他兩個選項。」

克蘿內說著，豎起兩根手指。

「是要對寶貝的孩子們見死不救，還是自己一個人抱著『祕密』離開人世？」

……啊啊，原來如此。克蘿內那群人的目的並不是想知道「祕密」的內容，而是為了不讓「祕密」曝光，所以要消除知道了那個內容的存在。因此對於知道「祕密」的丹尼・布萊安特，克蘿內他們提出了那樣的終極選擇。

然後面對那樣的選項，丹尼當時究竟做出什麼決斷，我很清楚。我不得不明白。因為和他最後那通電話中響起的槍聲，我還記憶猶新。

「……可是就算丹尼死了，問題也沒有解決是嗎？」

這點從克蘿內如今依然這麼執著於丹尼留下的保險櫃就可以知道。

「是呀，我們最大的失算就是丹尼・布萊安特的**死後**——雖然他的確帶著『祕密』離開了人世，但後來我們卻發現他把引導至那個『祕密』的線索藏在保險櫃中。」

「……所以你們才會想找出打開那個保險櫃的鑰匙。」

「沒錯，假如是『祕密』本身裝在保險櫃中，其實只要把『祕密』連同保險櫃一起炸掉就可以了。然而那黑盒子裡裝的終究只是**通往祕密的地圖**。因此我們必須先回收那個地圖之後，再靠我們自己把不知藏在世界上何處的『祕密』確實處分掉才行。」

真是個設想周到的男人呀——克蘿內回憶著過去的仇敵，瞇起眼睛。

「丹尼設想了那麼多，最後又……」

一年前的那天。丹尼不但設想、準備到那個地步，最後還為了保護自己珍惜的存在而死了。

但是為什麼？設施的那些小孩子和丹尼根本毫無血緣關係，他為何會不惜犧牲自己的性命也要……

「應該是當成自己女兒的替代品吧。」

對於我不自覺說出口的自言自語，克蘿內用稍微變得低沉的嗓音如此回答。

於是我又問了一句「那是什麼意思」後，她卻說道「原來他連這件事都沒告訴過你呢」，露出彷彿在同情的眼神注視我。

「他其實也曾經有過真正的家族呀。在十年前。」

克蘿內接著說出關於丹尼連我都不曉得的過去。

「十年前，丹尼·布萊安特原本和妻子與女兒三個人住在一起。後來夫妻間由於一些因素離婚了，不過他獲得小孩的監護權，並靠著自己一個大男人繼續養育寶貝女兒。」

一年前和丹尼最後那通電話中，他的確也暗示過自己曾有過家庭。

「從前的丹尼·布萊安特是靠著類似私家偵探的工作養家活口。從外遇調查乃至解決殺人事件，只要有人委託，他不管什麼工作都做過。」

這和我認識的丹尼是一樣的。他自稱萬事屋，在日本各地，不，在世界各地到處飛，從事各式各樣的工作。

「就在那樣的日子中，有一天他抓到了某個新興宗教團體的領頭男子。那個身為教祖的男人，其實是個假借驅散惡魔之名殺戮小孩的連續殺人鬼。」

以一名私家偵探處理的案件來說，這規模未免太大了。然而直覺與經驗告訴我，如果是丹尼就算真的做出那種事也不奇怪。

「然而那名犯人實際上是某個大財團家的公子哥，結果就在法外措施下，那男人最後沒有受到制裁。」

那是本來不該存在卻經常耳聞的情況，這個世界上確實就是有那樣的特權階級。

「如果事情就此結束倒還好。但是那個教祖的自尊心實在……不，應該說他太過重視神明的意旨。他認為自己明明像這樣沒有受到神明制裁，那個偵探卻一度把自己送進牢籠中，可見那個偵探才是惡魔。」

「那根本是倒打一耙啊……難道說、他因為這樣把丹尼……？」

「不，犯人目光盯上的並不是惡魔本身。相對地，他認為必須把惡魔的女兒**驅散**才行。」

——！那麼該不會……

「有一天當丹尼・布萊安特做完工作回到家後，在自家房間赫然看見自己女兒慘不忍睹的模樣，當場慟哭淚下。」

從那之後過了一年——克蘿內接著說道：

「他開始了將世界各地不幸的小孩們收養保護的活動。」

——那傢伙什麼都沒有跟我說過。什麼都沒有。

包括自己曾有過家庭，又失去了家庭的事情。

自從喪失女兒的那天以來，丹尼肯定不斷自責，並且為了贖罪而開始救助世界上的小孩子們。那就是他的工作，他的生存方式。是無論對我或任何人都一直隱瞞的事情。

所以說，那傢伙沒有向任何人說過這件事。

——明明如此……

「為什麼妳會知道丹尼的過去？妳應該是局外人啊。」

被我這麼一瞪，克蘿內並沒有帶著什麼嘲笑的態度，而是單純把事實靜靜說出口：

「因為殺掉丹尼．布萊安特女兒的人，也是我們的同伴。」

啊啊，原來如此。一切恩怨想必就是從那時候開始的。

果然就是這幫傢伙，就是克蘿內他們把全部都——

「不過你放心，那男人已經不在世上……」

「妳可以閉嘴了。」

我再一次把力氣注入雙腳，朝克蘿內衝去。

大概是藥物影響，我的手臂沒什麼感覺。即便如此，我依然憑藉著心中流竄不止的感情，高高舉起右手。

「唉，真是可憐。」

那聲音，從我背後傳來。

不知不覺間站到我後面的克蘿內抱住我的身體，在我耳邊呢喃。

「丹尼・布萊安特創造出虛偽的家庭，但你甚至不在其中。」

住口，不要同情我。

「所以你現在才會任由自己的身體順從心中無處宣洩的憤怒衝動，淌淚慟哭吧。」

我才沒有生氣！我才沒有哭！

我只是認為最起碼要為了那傢伙報仇而已……！

「放輕鬆，你不用擔心了。雖然其實還有事情沒告訴你，但再講下去你肯定**精神上會難以負荷**。我們現在就讓你解脫。」

這也是身為正義使者的我們應盡的責任——克蘿內這麼說道。

就在這時，大廳窗戶忽然應聲破裂，出現另一個人影。

對方披著一件有兜帽的斗篷，臉上戴著像猴子的野獸面具，右手還握有一把沾了血液的斧頭。

「送這隻可憐的羔羊最後一程吧，《泰銖》。」

那也是克蘿內的同伴嗎？

一年前殺害丹尼，自稱正義的黑暗英雄——

「——嗚！」

我全身上下的血液再度有如沸騰般滾燙起來。可是身體卻跟不上情緒，依然發麻的下半身輕易跪到地上了。

「放心，那個怪人二十面相也早已被泰銖收拾掉了。」

邪惡已經斷絕——克蘿內如此說道。

「……！妳是說月華嗎？」

這些傢伙的魔掌甚至伸向了月華。原來她的電話之所以打不通，其實是因為已經被這個獸面男幹掉了？

「混、蛋……」

獸面的傭兵在克蘿內的指示下朝我一步步逼近。然而我的腳卻無法動彈，就連叫喊「妳說月華邪惡是什麼意思」的力氣都使不上來。只靠著感情、只靠著思緒，無法改變窮途末路的狀況。

……那麼像這種時候，應該重視什麼代替感情？大概由於對死亡的恐懼而閉起眼睛的我在腦中拚命思考。

印象中好像有誰說過，當感到猶豫時、裹足不前時，遭遇到只靠感情無能為力的時候，那個人教我要思考什麼？要觀察什麼？——對了，最起碼要仔細觀察。要用自己的眼睛看清楚此刻發生的現實才行。

於是當我睜開眼睛的瞬間，一陣風忽然掃過我身旁。

「什麼人！」

克蘿內大叫著。

但是那看不見的疾風一口氣逼近，**出腳踹飛**克蘿內。

疾風的真面目，竟是甩盪著斗篷的那名獸面傭兵。

摔落到堅硬地板上的克蘿內發出痛苦的呻吟。

「你是、什麼人……？」

我對傭兵披著斗篷的背影這麼詢問。

結果那傢伙依然背對著我掀開兜帽，從深紅色的布料底下瀉出一頭長髮。那是我從沒見過的背影，不過可以確定是個女性。

她接著轉回身子，摘下野獸面具。然而我依然不認識這個人。突然登場的正義英雄，對於那關鍵的長相我卻完全沒有印象。

即便如此，從我口中冒出的卻不是「謝謝」，也不是「妳是自己人嗎？」之類的話，而是很自然地說道：

「妳真是個美人。」

於是本來面無表情的那位女性露出淡淡的微笑回應我：

「因為我是月華小姐呀。」

「為什麼、妳會在這裡……！」

在幾公尺遠處，被月華踹飛摔落到地板上的克蘿內嘀咕著「……嗚！難道泰銖奇襲失敗了？」並擦拭嘴角的血絲，搖搖晃晃站起身子。

對於她的疑問，月華則是……

「或許你們以為可以趁我不備，但其實我早一步從**某位博學多聞的人物**口中聽說了敵人的所在地。所以當那敵人準備拿起武器的時候，我已經做好了勝利的準備。」

她說著連我都不曉得的幕後祕辛，並走近依然無法起身的我面前。

「抱歉囉，不是你理想中的角色扮演裝。」

隨著一句胡鬧話，她臉上淡淡微笑。

「沒關係，只要哪天妳扮成貓耳女僕就行了。」

「這要求我倒是沒聽說呢。」

月華說著，告訴我「你退下」並將我擋在背後，單獨與克蘿內對峙。

克蘿內臉上依然帶著凶惡的表情，但視線卻到處游移不定。

「……嗚！計畫亂了。」

是因為出乎預料的闖入者讓她慌了嗎？還是……

「──不准動。」

結果月華彷彿在同情對方似地注視著敵人，從懷中拔出一把手槍。

「白色？」

然而那和我認識的某位女刑警偶然讓我看過的手槍不一樣，無論顏色或形狀我都沒有見過。

「雖然這還不是完成品啦。」

月華依然盯著前方如此回應我。

「其實我比較想要槍身更長的東西就是了。」

畢竟那樣才帥氣呀──她這麼表示。

接著瞄準克蘿內不知從禮服胸口掏出了什麼東西的右手臂，開槍射擊。

「嗚！啊啊！」

子彈擦過克蘿內的右肩，讓她發出忍耐疼痛的呻吟。

然而，那並不意味著我們的勝利。幾乎與槍聲同時──「轟！」地傳來使身體都被震起的巨大爆炸聲響。腳下有如地震般搖盪，緊接著大廳右側的牆壁忽然朝內側炸開。黑煙與烈焰隨後從破口竄入室內。

克蘿內中槍前拿出的東西原來是**炸彈的引爆裝置**──火舌從成為犧牲品的隔壁房間延燒出來。濃煙刺激著眼睛，空氣灼熱得光是吸氣都感覺喉嚨彷彿會燙傷。

「──！妳乖乖投降。我不會取妳性命的。」

在態度著急的月華注視的前方，大火逐漸包覆克蘿內周圍。但是熊熊燃燒的烈焰同時也成為了保護克蘿內不被月華直接接觸的盾牌。

「你認為這樣真的好嗎？」

在火牆中，女人如此說道。

她那對映著搖盪火光的眼眸，注視著遠處依然跌坐在地上的我。

「君塚君彥，能夠阻止丹尼・布萊安特的人，現在只有你了。」

逐漸要吞沒自己的烈焰也好，月華舉向自己的槍口也好，克蘿內彷彿都沒看見這些東西，視線始終朝著我。正因為如此，她的話語只侵入到我……君塚君彥的心中。

「我今天之所以會在這裡把一切內幕都告訴你，是為了讓你明白一個真相——丹尼・布萊安特隱藏的那個『祕密』，本來是絕對不能曝光的東西。而**我們自警隊**就是為了防止那種事情發生，一路來和那男人奮戰的。」

「妳到底、在說什麼……？」

的確，我至今依然不曉得丹尼以前究竟是抱著什麼「祕密」在逃跑。

而克蘿內將掌握那個「祕密」的丹尼視為最大的敵人，一直在追殺他。

那麼，丹尼隱藏的「祕密」到底是——

「丹尼・布萊安特根本不是收養資優兒童或家庭有問題的孩子們到這個設施受到保護，他根本就是在做未經家長授權的**誘拐綁架孩童們**。」

「少年，別聽她的話！」

霎時，槍聲響起。

然而子彈由於熱氣造成的搖盪景象而射偏了。

「君塚君彥，你心中應該也有些線索吧？關於丹尼・布萊安特對小孩子強烈到近乎異常的執著心。」

聽到克蘿內這麼說，我回想起那個男人的過去。平常總是冷靜而泰然自若的丹尼・布萊安特，在少數的狀況下也會變得激動。

那種狀況一定都發生在有「小孩子」遭受到家庭問題的時候。對於無法挑選自己的父母，卻又只能仰賴父母為生的「孩子們」，丹尼總是會由衷感到同情，也因此在我面前露出過他平常不會浮現的憤怒或憂傷的表情。

「丹尼・布萊安特對於小孩子那樣扭曲的情感，後來逐漸變化為**只有自己才能守護他們**的想法。」

為什麼丹尼會對於素昧平生的小孩子們也會熱切關注，甚至感到執著？大概就像克蘿內剛剛也說過的，他是將那些小孩們當成是自己已故女兒的代替品——

「丹尼・布萊安特的企圖不只如此。那男人的仇恨矛頭同樣指向奪走了女兒……對女兒見死不救的自己國家。他將當時負責處理事件的警察與檢察官家中的成員狀況都調查出來，把他們的小孩們選定為接下來的誘拐目標。」

「……難道說，丹尼打算要做的事情是——」

丹尼過去抓到了某個殺人狂，結果卻遭對方倒打一耙殺害了自己女兒。如果丹尼的企圖是復仇……

但是照克蘿內的說法，那個犯人早已經死了。那麼丹尼的復仇目標就只剩下當初沒有給予犯人適切刑罰的國家。然後他選擇的復仇手段該不會是——

「沒錯，丹尼・布萊安特不但誘拐了無辜的小孩們，還考慮到**下一步**。我們自警隊便是為了阻止丹尼・布萊安特那樣的計畫而存在的必要之惡。」

克蘿內如此說著，主張一年前把丹尼・布萊安特逼上死路是正當的行動。所以她才會一貫自稱是暗黑英雄。同樣身為邪惡的存在，有必要討伐更加巨大的邪惡（反派）。

「少年，別聽她的話！」

月華再次大叫。然而她的聲音卻沒有化為具備意義的話語進入我腦中。不知不覺間，我的耳朵只傾聽著克蘿內的發言。

「這位怪人二十面相其實是在尋找丹尼・布萊安特不知遺留在世界上什麼地方，**記載有資優兒童們所在地的名單**。所以在那男人死後，她追尋著那個『祕密』和你接觸了。一切都是為了獲得找出那份名單的鑰匙。」

啊啊，對了。印象中月華以前有說過。

她是為了某種目的在尋找丹尼……肩負追尋丹尼足跡的任務。

「怪人二十面相的目的，恐怕是找出具備特殊才能或技術的小孩子們。畢竟只要巧妙利用，他們會成為優秀的搖錢樹。」

能夠將世界上任何名畫都完美仿製的少女，腦袋甚至凌駕於量子電腦之上的少年。在這座設施以及我還未見過的世界中，有許多類似這樣的小孩們。月華就是為了找出那些少年少女們，才會調查丹尼留下的足跡嗎？

……對了，月華是在某人的僱用下追查丹尼。那麼她的目的果然——

「────！────！」

月華轉回頭似乎拚命在講些什麼。

但不知為何，她的聲音卻傳不進我的耳朵、我的心中。

我總有一種感覺，認為反正那些都是虛偽的話語。

這想必是因為她至今依然沒有讓我看過自己真正的樣貌。

對，我根本不曉得月華的事情。本名也好，長相也好，她接近我的真正目的也好。難道我一直以來都是被怪人的話語騙得團團轉嗎？

──不過現在重要的是丹尼的事情。

「……！為什麼丹尼會策劃那種誘拐行動？那傢伙不是應該比任何人都要重視小孩子嗎？」

那他為什麼要把復仇的矛頭指向無辜的孩子們？

他不是應該把孩子們和自己已故的女兒一樣當成家人愛護嗎？

「有時候，人的愛是會扭曲的。」

克蘿內的聲音再度纏繞於我耳邊。

「丹尼・布萊安特失去心愛的女兒後，為了女兒改變了自己的生活方式。那樣的日子中，愛與死在他腦中不知不覺間開始混淆。也許他逐漸迷失了究竟什麼才是目的，什麼才是手段。不過對於丹尼・布萊安特來說，透過自己的手玷汙心愛的孩子們，可能並不存在任何矛盾。」

你應該也曾有過類似的矛盾經驗吧——克蘿內對我的深層心理如此詢問。

「你把丹尼・布萊安特當成如同父親般仰慕的同時，是否也對他心懷過怨恨？為什麼他不願意關心自己？為什麼只有自己沒能成為他家族的一員？為什麼他要丟下自己離開人世？」

吶，少年——有如某人以前這麼叫我一樣，克蘿內在我耳邊呢喃著。明明她應該不在我旁邊才對。

「**那東西**就在你夾克的內側口袋中。」

柔和的聲音彷彿某種魔法，悄悄地侵入到我的心中。克蘿內明明應該站在熊熊烈焰之中，她的聲音卻在不知不覺間包覆了我的身心。

「那口袋裡的引爆裝置，你可以用它讓一切都結束喔。」

我知道克蘿內是敵人，是邪惡的存在。這個事實不會改變。然而她是在比任何人都清楚自己是邪惡的自覺之下引發一年前的事件，如今又這麼與我們對峙。那一切都是為了阻止更巨大的邪惡——丹尼・布萊安特所擬定的計畫。

「這座設施的小孩們已經移動到別的場所了。因此就算發生爆炸，會喪失的只有站在這裡的我們的性命，以及丹尼・布萊安特留下來那幅通往『祕密』的地圖而已。」

夾克的內側口袋中有某種堅硬的觸感。她之所以把引爆裝置也交給我，是為了預防自己遭遇什麼不測的狀況嗎？

現在只要引爆炸彈，我們三個人就會連同保險櫃一起被炸爛。如此一來無論是通往「祕密」的地圖或者企圖濫用「祕密」的存在都會消失，無辜的孩子們就能獲救。

當然，這樣克蘿內就沒辦法親手將「祕密」的存在本身處分掉，搞不好將來有一天會再度出現跟月華同樣的人企圖將「祕密」找出來。但即便如此，與其擔心某一天或許會發生的事態，更應該思考現在——

「妳死了也無所謂嗎？」

「是呀，畢竟那就是正義使者（暗黑英雄）的使命。」

幻想中的克蘿內溫柔地碰觸我的手，要我一起打倒共同的敵人。

當回過神時，我的手指已經放在引爆按鈕上。

「你過去遭到那個男人背叛，沒能加入他的家族之中。你肯定很不甘心、很難過吧？」

克蘿內看著我發抖的指尖，彷彿由衷感到同情似地流下眼淚。

「你沒能成為丹尼·布萊安特的兒子。不過正因為是沒能結下這段緣的你，才有辦法完成這份使命。」

啊啊，原來如此。丹尼・布萊安特已經不在這世上。

我應該做的不是繼承他的遺志，而是要斬斷兩人的關係。不是要為他報仇。

我真正必須打倒的，是名為丹尼・布萊安特的亡靈——

「沒錯，那就是你唯一能夠和丹尼・布萊安特之間結下的緣——名叫恩怨。按下那個引爆按鈕，是你能夠對那個亡靈做出的最後反叛。」

丹尼・布萊安特留下來的東西，由我親手破壞。這無關乎什麼正義或邪惡。就算按下這個引爆按鈕是邪惡的行為，我也不怕成為邪惡的存在。

我從以前就是這樣。即使要成為殺人犯，成為世界的敵人，我也不會畏懼。我現在要按下這個按鈕，把那個男人留下的東西連同這個家一起毀掉。能夠辦到這點的，只有不屬於那傢伙家族的我。所以我——

「——我這個人不太能夠明白人的感情。」

並非發自克蘿內的這個聲音之所以忽然會被我聽見，原因恐怕是窗戶玻璃被子彈擊破的聲響。我忽然有種原本漆黑的視野豁然開朗的感覺而看向前方，發現月華站在那裡面朝著我。

「因此我能說的，只有根據客觀性事實建立出來的假說。」

她右手握著手槍，另一隻手則是緩緩從自己懷中拿出一個ＵＳＢ隨身碟。

「那是……！」

在隔著月華的另一側，火牆圍繞中的克蘿內如此大叫。

剛才感受到她的溫柔擁抱，原來是詐欺師讓我看見的美好幻想。

「沒錯，這就是丹尼·布萊安特藏在黑盒子裡的東西。」

我在過來這裡之前先去把保險櫃的鎖打開了——月華轉向克蘿內如此說道。

「……打開了那個保險櫃？妳嗎？」

腦中的混亂還沒完全消散的我，有如在講夢話般詢問。

月華是怎麼辦到的？真正的鑰匙到底在哪裡？

「就是你公寓的鑰匙呀。」

月華背對著我，語氣輕鬆地表示。

「雖然說，正確來講應該是類似備份鑰匙吧。就是我起初為了見你時用過的鑰匙。我因為抱著某種確信用那鑰匙嘗試一下，果然就打開了。」

什麼叫「果然」啦？到底是怎麼回事？

月華究竟看出了什麼？察覺了什麼？

……我的心臟頓時加速起來。因為感到不安嗎？還是——

「換句話說，**丹尼·布萊安特從最初就在等待這一天到來了**。」

月華說著「你明白嗎？」並轉回頭。

「一年前，他覺悟到自己的死期將近。不過與此同時，他也確信將來有一天追查自己死亡真相的存在會出現。然後那個人物肯定會和君塚君彥接觸。透過如此，在自己死後想必會活得很憂鬱的君塚君彥應該就能重新找到活下去的目的——丹尼・布萊安特早已預料到事情會變成如此了。」

那也就是說……

月華將我心中呢喃的猜測毫不猶豫地說出口：

「這個潘朵拉的盒子，是被設計成當你能夠再度往前邁步的時候才會打開的。」

吶，少年——

這次真的是月華如此叫我。

「他這樣信賴著你而留下的遺志，可不能用錯誤的解讀去玷汙喔。」

月華絲毫不在意包圍了房間的烈焰。

她凜然站在我眼前，對我詢問。對我質問。

「你認為丹尼・布萊安特真的是個會把小孩子們當成復仇道具的人嗎？」

怪人二十面相——白銀月華剛才說過。

自己不能夠理解人的感情，因此只會根據客觀性的事實建立假說。

在這點上，我也是跟她一樣。

我不能理解人的感情。因為從小沒有人教導過我什麼是愛。然而奢望自己沒有的東西也沒意義。所以我也和月華一樣。不去看自己不想看的東西，不去察覺自己不想察覺的事情。然後戴著一張透明的面具，不讓別人看出那樣的自己。

可是這個面具不知在什麼時候出現了裂縫。所以當我和月華初次見面的那時候，我忍不住想要理解一名父親重視小孩的親情，於是幫希望遭受逮捕之前見女兒最後一面的父親頂替了罪名。

當時的我覺得藉由如此，也許可以稍微明白丹尼・布萊安特真正的心意……明白父親重視小孩的心情。

「──交出來。」

就在這時，隔著熊熊烈焰的另一側有個人影蠢動。

表情變得凶神惡煞的克蘿內趁著月華一時不注意，將她壓倒在地板上，手中還握著月華一開始假扮成傭兵時拿的那把斧頭。

「──嗚！妳果然沒有打算連保險櫃裡的東西都燒掉。」

月華即使被壓倒在地，也依然說著「妳企圖只把我和少年炸死對吧」地逼問克蘿內。要是我剛才真的按下手中那個按鈕……

「少年！」

月華叫喚我一聲，緊接著把USB隨身碟丟擲到我腳邊。

「你仔細聽好，少年！**不要被詐欺師的甜言蜜語給騙了**！如果你也和我一樣，那麼至少要根據確切存在的事實去判斷丹尼這個人！」

她拚命阻擋著克蘿內準備揮落的斧頭，並繼續大叫：

「你見過他什麼！你認識的丹尼・布萊安特是個怎樣的男人！你和他一起達成過什麼工作！」

我和丹尼做過什麼工作？

舉例來說，我回想起丹尼曾經指示我，打電話給名單上記載的每一戶人家，然後……

「把那個家的小孩約出來玩。」

不用說，當時每個家的人都對我表現出詫異的態度。那也是當然的，因為我真的都不知道關於他們小孩的事情。然而……

「現在的你應該可以理解他那樣指示的意圖了吧！」

對，沒錯——丹尼是在保護那些孩子們。

如此一來能夠暗示那些遭受虐待或家庭失和的小孩們：有人站在你們這一方。另外也可以讓那些家長知道有人在看著他們，成為不讓問題變得更嚴重的抑制力。

『前途無量的小孩子們的生命必須優先於一切問題。』

這也是丹尼·布萊安特自己曾經說過的話。

他當時這麼說著，為了救助素昧平生的小孩子而親自前往正在鬧不和的家庭。

前途無量的小孩子——回想起來，他在講這句話的時候好像也有對我露出笑容。不，現在這點不重要。就算只是我想太多也無妨。唯一可以確定且重要的是丹尼·布萊安特過去曾挺身拯救過小孩子們，這項無可動搖的事實。

他那樣的行為想必是源自心中的懊悔。丹尼過去說過「小孩子只有父母」這句話背後真正的意義——原來是一種自我警惕。

女兒明明只有自己（父親），自己卻沒能保護女兒。

是自己害死女兒的。

從前的丹尼偶而會把目光望向遠方，那視線所見的其實是一面鏡子。

鏡中映出來的，是自己的過去。

「對，你就是這樣的男人。」

什麼精神上的父親或者師父，稱謂不是重點。

那個名叫丹尼·布萊安特的男人對自己的過去懷抱懊悔，但沒有改變自己的處世方式，把全世界的小孩都當成像自己的女兒般疼愛——這次終於保護到最後，離開人世。

既然如此……

「這才是我的答案。」

克蘿內聽到我的聲音而轉過頭，這才發現她想得到的東西已經轉交到我手中。

但為時已晚。

我將手中的USB隨身碟朝著燃燒得特別旺盛的一處火焰丟擲而去。

「……！你做什麼！」

就在克蘿內把絕望與著急交雜的臉轉向火焰的瞬間……

「你做得真是太棒了，少年。」

我忽然感受到並非幻覺的真實體溫包覆我的身體。

被人擁抱原來是這樣的感覺。

月華將藥物影響下不太能動彈的我抱在雙臂中。

「會覺得丟臉嗎？」

她如此問我，並且在大火包圍的房間中奔向窗戶。

的確，這動作看起來也很像是公主抱。

但是在這樣的狀況下顧面子也沒意義。

「不，還好。而且——」

沒多久後，月華便抱著我跳出破裂的窗戶。

緊接著從背後傳來巨大的爆炸聲響，剛才我們還在的大廳被一片火海吞沒。

後來我們又和建築物拉出更多距離，才精疲力竭地倒在地上。

「……你還好吧？」

一片草原上，全身呈現大字形躺在我旁邊的月華這麼詢問。

於是我將剛才回答過她的那句話重新講出口：

「我沒事。被一個大姊姊拯救其實也不壞。」

◆五月四日　？？？

深夜。一名女性在蔥鬱茂密的森林中奔跑著。

被爆炸熱風燒過的肌膚到處潰爛，全身上下都是傷口和瘀青。在這樣的狀態下之所以還能動彈，都要多虧她事前攝取過的藥物。

「……嗚！呼……呼……」

那是女性的同伴之中代號為《德拉克馬》的醫生製作的烈藥。以某種原料為核心開發出來的那個藥物能夠促使人體機能大幅提升，也能增加負傷肉體的自然治癒功能。在執行此次的作戰計畫中女性攝取過這個尚在臨床實驗階段的藥品，就結果來說發揮了功效。

另外，這名女性——《克蘿內》不能停下腳步還有一個理由。那就是要將她勉強從爆炸火焰中保護下來的USB隨身碟交付到某個人物手中的使命。

「……嗚！這內容還沒有被知道。」

克蘿內帶著急促的呼吸不斷奔跑，並緊握右手中的USB隨身碟。關於這個內容**臨時編造的謊言**雖然遭到戳破，不過克蘿內聽說過瀏覽內部資料用的密碼非常複雜。即便是怪人二十面相，在那樣短時間內應該也沒能確認內容才對。

「『祕密』成功守住了。接下來只要把這東西交給那位人物……」

除此之外的事情都無所謂了，也進不到腦中。克蘿內只是為了達成賦予自己的使命，在沒有道路的郊外趕往同伴應該幫忙準備好的車子。

「妳跑得那麼急是要往哪裡去？」

這時忽然傳來某個女性的聲音。在這樣深夜的森林中，應該不可能碰到人才對。

在提升警戒的克蘿內眼前，那個人物從一棵大樹後方現身。

被月光照亮的紅色人影，克蘿內從沒見過。

「……！妳是誰？」

從對方身上感受不到什麼殺氣。即便如此，克蘿內依然用左手舉起帶在身上的野外求生刀。

「要問問題的應該是我。妳是打算帶著那樣**焦黑的玩意**到哪裡去？」

「……妳在說什麼？」

克蘿內看向自己左手的短刀。刀刃鋒利得一點缺口都沒有。只要順勢割開那女人的頸部，絕對會當場鮮血噴散——

「不是那邊。我在講妳的右手。」

聽到對方這麼說，克蘿內張開原本緊握的右手。

結果發現握在手中的是一團焦黑的不明物體。

那團黑炭接著隨一陣風消散而去。

「——呃、咦？」

本來以為自己應該成功奪來的ＵＳＢ隨身碟，其實早就被烈焰燃燒殆盡了。

「真是可憐。藥物的副作用讓妳看見了什麼幻覺嗎？」

紅髮女性似乎在說什麼。

但是克蘿內已經變得無法理解那話語的意思了。

自己為什麼會在這地方？究竟是和什麼敵人奮戰？想要獲得什麼？然後——

「吶，克蘿內，妳是**在什麼人的指示下殺害了丹尼·布萊安特**？」

對，什麼人。印象中，自己在一年前接到殺害丹尼·布萊安特的委託，而自己也接下了那份工作——克蘿內雖然回想起這些，但她僅存的思考能力卻想不起來委託人究竟是誰。

「我們本來能夠成為名副其實的存在才對。」

唯有這份留戀支配著克蘿內的心。

只要完成這份任務，應該就能成為真正的正義使者了。

聽到她這麼說，紅髮女子呢喃著「我們，是嗎？」並完全不顧狀況地點起香菸。

「包含在貧民街長大的妳在內，成員們基於各自的背景怨恨這個世界，試圖改變世界而集結在一起的邪惡自警隊。」

對方這句話讓克蘿內回想起自己的過去。

沒飯可吃，活下去的手段只有**詐騙與扒竊**的幼年期。即便在那樣的環境下……忘記是什麼時候、出自什麼人的手，克蘿內只記得有一天突然出現在街上一道牆面的街頭藝術畫讓她感到無比美麗。

那之後又發生了什麼事，遇到了什麼人，讓自己再度怨恨世界，與同樣想要改變世界的同志們集結在一起，克蘿內都想不起來了。**大家**後來怎麼樣了？克蘿內茫然地仰望天空。

「妳那位殺害丹尼·布萊安特女兒的同伴《盧布》，在五年前被某個男人用鐮刀切割殺死了。」

行刑的是《執行人》——紅髮女子說道。

據說將表面世界無法制裁的罪犯暗中處刑，就是那個所謂《執行人》的工作。

克蘿內忍不住譏笑，原來還有其他跟我們類似的組織呀。

「傭兵《泰銖》也輸給了怪人二十面相……不，應該說《名偵探》。」

看來那個怪人也是那個組織的成員。既然如此，那些人何止是和我們類似的組織，完全是我們的高階版本了——克蘿內當場領悟這點。

她同時也想到：就是這個呀。

我們就是希望成為這種擁有真正實力的存在。

可是……

究竟在哪一步走錯了？真要反省起來，犯過的錯誤實在太多了。

「《達樂》和《雷亞爾》沒事吧？」

克蘿內不經意說出了剩下的同伴名字。

「如果他們是可能導致《世界危機》的存在，遲早會有人出面應付吧。」

對於克蘿內的疑問，紅髮女子冷淡回答並吐出白煙。

「這樣呀。然後呢？妳是來殺掉我的嗎？」

藥物似乎也有往好的方面發揮效果，讓克蘿內感受到自己身體變得輕盈起來。

雖然那搞不好也反過來意味著自己死期將近，但現在對她來說那已經無關緊要了。

「不，我沒辦法殺妳。」

不是不殺的意思——女子如此表示。

她說那就是《暗殺者》的規矩，也是和《執行人》的相異之處。

「我沒辦法殺害罪人。**我能殺的只有無辜的人**。」

唯有透過殺害無辜的人，才能維持世界和平。世上也存在有這樣的案例，而負責這種任務的人就是自己——暗殺者這麼說道。

「惡魔。」

克蘿內冷笑一聲。

假如說自己是必要之惡，這女人就應該叫絕對之惡了。但克蘿內同時也認為，或許就是那份覺悟的差異，讓對方能夠成為真正的存在吧。

「要那樣說我也無所謂。」

暗殺者用攜帶式菸灰缸熄滅香菸後，接著說道：

「因此對於至今犯下無數罪惡的妳，我沒辦法執行斬首的任務。」

就在這時……

從克蘿內背後傳來「嘰——喀啦、喀啦」的奇怪聲響。

於是她轉頭一看，發現從黑暗中浮現了另一個人影。

「你是……」

那位乘坐輪椅的人物，是克蘿內以前拜訪太陽之家時招待過她的老人。名字——叫什麼來著？

「你認識的是**哪一個他**？」

我到今天才得知他原來在這裡呢——暗殺者這麼表示後又接著說道：

「疼愛孩子們的溫柔老父——哲基爾。為了保護那些孩子們甚至能夠成為魔鬼的人物——海德。妳認識的是哪一面？」

克蘿內呆滯的眼中，此刻看見**老人從輪椅上緩緩起身的姿態**。翻著白眼的老人接著架起原本偽裝成拐杖的暗藏刀。

不用擔心——暗殺者看著那一幕，對克蘿內如此說道。

「妳肯定連感到疼痛的時間都沒有吧。因為那是來自前任《劍豪》的一刀。」

前來見證自己一年前未完成的任務如何落幕的暗殺者，將最後的工作託付給自己過去的同志，轉身準備離去。

然而就在消失於暗夜之前，她又詢問克蘿內：

「本來像個詐欺師的妳最後卻輪到被騙的一方，感想如何？」

對於克蘿內來說，這是回憶自己人生的最後問題。

「嗯，真是舒暢呢。」

◆五月五日　希耶絲塔

與《情報屋》布魯諾·貝爾蒙德告訴我的那個自稱正義的自警隊交戰後過了兩天。將傭兵男子《泰銖》逮捕，並且與少年K聯手驚險討伐了詐欺師《克蘿內》之後，我又再度來到太陽之家。

設施最後逃過了全部燒毀的命運，小孩們也都平安無事。唯獨設施的負責人哲基爾據說被人發現倒在附近的森林中。雖然沒有明顯外傷，但他至今依然躺在設施的床上昏睡不醒。搞不好他是遭到了自警隊剩下成員的襲擊吧。希望他能早日康復。

話雖如此，這次一連串的事件還是可以算告一段落了。盯上我們的威脅暫時消失，敵人事到如今應該也不會再把魔爪伸向太陽之家的孩子們才對。

但我依然還有一項必須完成的工作。在太陽之家附近的草原上，我確認周圍沒有其他人之後，接起某個人物打來的電話。

『妳辛苦了，代號——希耶絲塔。』

來電者是《聯邦政府》的高官之一——艾絲朵爾。也就是當初委託我調查丹尼．布萊安特下落的人物。

如今一連串的事情獲得解決後，我透過電子郵件將調查內容的報告書寄給了她。看來她是為了這件事情聯絡我的樣子。

「如果妳能察覺我現在的疲累，我本來希望妳不要打電話給我呀。」

明明我就是為了這樣才想透過郵件結束工作地說。

跟人交談也是很花體力的事情，如果對方是上級的人物就更不用說了。

『是呀，我也覺得不太好意思打擾妳。只是報告書中似乎有**遺漏**，所以我想跟妳確認一下。』

結果艾絲朵爾用非常認真，但聽起來又好像有點在裝傻的口氣這麼說道。

「遺漏？你們想知道關於丹尼．布萊安特的下落，我已經都有具體記載了吧？」

既然對方要跟我裝傻，那我也不客氣地如此回應。

『是沒錯。很遺憾地，丹尼．布萊安特在一年前已經喪命。而且關於他死亡的背景，妳也有連同可信度很高的假說詳細記載。在這點上，我很感謝妳的工作態度。』

不過——艾絲朵爾接著說出她特地打這通電話來的理由：

『報告書中並沒有寫到丹尼．布萊安特遺留在兒童保育設施的那個保險櫃裡的東西。』

唉，我就知道是為了這件事。

不過在報告書中我最起碼有說明保險櫃裡裝的是一個USB隨身碟，然而在與克蘿內交手的過程中不小心將它燒毀的事情，另外也有寫到一切都是少年K把那東西丟進大火的錯，我沒有任何責任。

「不好意思，我沒有想到你們會那樣重視USB隨身碟裡儲存的資料。」

聽到我這樣開口道歉，艾絲朵爾頓時閉嘴。

那樣簡直就像你們其實早已知道丹尼・布萊安特身亡的這件事情本身——而真正想找的是他遺留下來的USB隨身碟裡面的內容呀。但總不可能有那種事情吧——我如此再度詢問。

『由於丹尼・布萊安特過去擔任我們《聯邦政府》的直屬間諜，知道了太多的情報。因此我們只是擔心他帶出去的機密情報有沒有外洩罷了。』

艾絲朵爾用這樣的正當主張躲避了我的問題。

「也就是說，那個USB隨身碟裡裝的是什麼萬一被世人知道會非常不妙的情報囉？」

『……妳的態度還真強勢呢，名偵探。』

艾絲朵爾的聲調頓時變得寒冷如冰。

『妳對我們感到什麼不信任嗎？』

「也沒有——只是……」

我稍微猶豫了一下，接下來的話該不該講出口。

不過在考慮之後，我依然覺得必須說出來才行：

「丹尼・布萊安特或許是在調查你們密佐耶夫聯邦所持有的《虛空曆錄》（Akashic records）相關的事情——這樣的猜測會不會是我想太多了？」

然後艾絲朵爾會不會是**誤以為**那個調查結果就記錄在那個USB隨身碟裡呢？至少可以確定那內容絕對不是什麼具備特殊才華或能力的小孩名單——所謂「祕密」的真正內容不可能只是那種程度的東西。那想必只是克蘿內為了欺騙少年K而撒的謊而已吧。

相對地，唯獨《虛空曆錄》（Akashic records）是絕對不可以洩漏到外部的**世界祕密**。所以政府的人才會那樣拚命，甚至委託身為《調律者》的我做這次的調查吧？——我向艾絲朵爾丟出了這樣的疑問。

『對於《虛空曆錄》相關的提問，艾絲朵爾並不具備回答的權利。』

我一時之間還以為是什麼合成語音。

不過那毫無疑問是艾絲朵爾自己發出來的聲音。只是極為冰冷，充滿無機質感，將自身放到第三者的立場拒絕回答我的問題。

既不肯定也非否定，而是對問題本身不予受理。自己沒有受理那種問題的權利——艾絲朵爾這麼主張。

既然如此，剝奪她那項權利的究竟又是什麼人物？這個問題肯定也無法被受理吧。

「那麼這樣如何？」

只要跟《虛空曆錄》本身沒有扯上關係的問題應該就行了。

如此判斷的我，接著向艾絲朵爾詢問另一項我無論如何都想確認的事情：

「妳當初沒有把丹尼·布萊安特其實是前任《名偵探》的事實告訴我，是有什麼意圖嗎？」

這點並不是聽誰說的，只是我的直覺。但依然有幾項根據。

首先，艾絲朵爾之所以將本來沒有這種使命的我和風靡派去搜索丹尼，除了因為他掌握有《虛空曆錄》等級的絕對禁忌情報以外，想不到其他理由。但我不認為一介間諜能夠辦到那種事情。要說到有可能接觸《虛空曆錄》的人物，果然還是《調律者》等級的存在吧。

在這樣的前提下，如果把丹尼·布萊安特假設為過去的《名偵探》，在很多事情上就能講得通了。舉例來說，像是**肯定並非湊巧**來到日本的布魯諾先生會答應我請求的真正理由，會不會是過去的《名偵探》曾經交代過他什麼事情？還有最後將丹尼·布萊安特留下的保險櫃打開的那把鑰匙——那是託付給《發明家》讓**代代的**《名偵探》繼承的東西。這件事實同樣可以成為佐證。

然後我就任《名偵探》是大約一年前的事情。那麼假如在我之前有其他人擔任過《名偵探》，究竟是誰？把同樣是在一年前身故的私家偵探猜想為**前一任**，應該也不是什麼太奇怪的事情吧。

『恐怕妳此刻在想的內容就是真相不會錯。』

艾絲朵爾忽然恢復原本的聲音，言外之意承認了丹尼·布萊安特的真實身分。

接著，她又向我說明當初隱瞞丹尼是前任《名偵探》的理由：

『我只是想說，如果讓妳知道在自己之前擔任《名偵探》的人有可能是殉職離開，妳或許會感到不舒服。』

原來如此，**還真是巧妙的理由**。

「這樣呀，感謝妳的好意。」

我向對方說出自己根本沒在想的謝意。口是心非是我的拿手把戲。

「不過妳不需要擔心那種事，因為我不會死的。」

或許也可以說我不會畏懼死亡。

但總覺得那樣聽起來會給人一種徒有無謀之勇的印象，所以我還是只告訴她「我不會死」。

然後為了達成這個目標——

「我今後預定會找個同伴。」

至於那個同伴究竟是誰就不用說了。當然，我也不知道**他**會不會願意被捲入我這樣任性的計畫。至少現在……不是那種時候。

他也需要一段時間。因此我會慢慢等待。假如那個時機直到最後都沒有到來，其實也無所謂。這是我的故事，是我自己開始的冒險活動。因此將他捲進來終究不是我的本意。

然而唯一可以確定的是，如今已故的那位偵探是帶著明確的意志讓我和少年K相遇的。

丹尼．布萊安特很清楚，萬一自己抱著《虛空曆錄（Akashic records）》的祕密身亡的時候，《聯邦政府》絕對不會放過這件事。然後政府肯定會為了回收他留下的祕密，派遣《調律者》——而且他還推理出負責這項任務的，很有可能是接替自己就任《名偵探》

的人物。屆時**新任**的《名偵探》應該會跟自己在日本時最關照過的君塚君彥接觸才對。

丹尼・布萊安特如此安排讓身為新任《名偵探》的我與少年K相遇，究竟抱著什麼打算？這點只要假設他當時有看出少年K具備的某項資質，自然就能得出答案。也就是說，丹尼・布萊安特比任何人都早一步看穿了少年K擁有的某項特殊素質——亦即少年本身評為《容易被捲入麻煩的體質》的《特異點(Singularity)》資質——並且將少年K放在自己身邊保護。然後相隔一年，又將那份使命交付到身為繼任者的我手上。

丹尼・布萊安特無法像《巫女》那樣預視未來，也不像《情報屋》那般盡知世事，想必也不具備如《吸血鬼》的武力。然而那位《名偵探》擁有甚至能夠猜測到自己的死亡，並且推理出接下來世界上各種可能性的頭腦。

那樣一位傳統偵探的使命，如今確實交接到我手中了。藉由光是用「巧合」這種單純的話語無法盡述的巨大力量——在偉大的偵探引導下，我和少年K的命運確實交錯了。因此……

「我會和同伴攜手合作，總有一天找出真相。」

偵探已經死了。

但他的遺志，絕不會消逝。

我會將它背負起來，今後繼續活下去。

『同伴，是嗎？』

結果聽到我的宣誓後，艾絲朵爾淡淡笑了一聲。

仔細想想，感覺起來的確是我比較幼稚也說不定。

可是——

「妳知道嗎？那些拯救世界的故事，總是會由少年少女擔任主角呀。」

◆五月五日　君塚君彥

在之前也來過的海岬懸崖上，我從剛才就呆呆佇立了三十分鐘以上。也沒有做什麼事，只是聽著海浪打在岩石上的聲音。即便如此，對我來說這個地點本身就具有意義了。

我身旁立著一座彷彿在瞭望海景的白色十字架，地面則是排列著大量的鮮花。這是設施的小孩們親手為丹尼・布萊安特設立的墓碑。我也沒有在禱告，也沒有對誰講話，只是始終站在這裡吹著風。

——丹尼・布萊安特。三年前忽然出現在我面前自稱是親戚，一下又說自己是我精神上的父親，到最後又主張是師父，後來一同生活了兩年的神祕流浪人。我們並沒有一直都住在一起，反而應該說他回到那間公寓的日子非常少。

雖然也不是要歸咎於這個原因，不過我沒有太多那個男人送過我什麼、給予過我什麼的回憶。丹尼經常發表的各種宛如人生哲學的閒聊內容，很少讓我由衷產生共鳴，我甚至不知道他貫徹至最後的人生態度與死法究竟是否正確。我也沒有立場做這種判斷。

就算是這樣，我現在依然來到這地方。丹尼到底實際上達成了什麼使命，抱著什麼樣的祕密離開人世，這些如今都已不得而知。但我還是想像著那個男人在最後看見的景象，忍不住來到這個地方。

「你在做什麼呢，少年？」

從我背後傳來一個聲音。

是月華。於是我頭也不回地回應：

「我在想，那傢伙以前是這樣笑的嗎？」

在白色十字架周圍除了鮮花以外，還立著一幅油畫。是格蕾特為丹尼畫的肖像畫。

「開始下雨前要把它收起來才行呢。」

聽月華這麼說，我才注意到。

天色多雲陰暗，感覺隨時都會下起雨來。

「這樣的結局算好了吧——如果我這麼說，妳會安慰我嗎？」

既然她會特地到這裡來，應該多少願意陪我聊聊。於是我故作輕鬆地如此詢問。

「只有這樣的結局可以選擇呀——我這樣講你應該也很難釋懷吧。」

看來我的問題好像有點太過壞心了。我回頭一看，發現月華尷尬地把視線落在腳邊。

沒錯。丹尼·布萊安特的死已經無法挽回。無論靠言語如何美化，已經發生的事實也不會改變。

就在我準備說聲「抱歉」的時候——與忽然抬起頭的月華對上了眼睛。

「做為替代，這個給你。」

她走到我面前，將拿在手中的智慧型手機遞給我。

「那個USB隨身碟中儲存的真正檔案在這裡面。之前你丟進火焰的，其實是我準備的假東西。」

裡面裝的是影片檔案——月華如此告訴我USB隨身碟的內容。

「……這東西可以給我看嗎？」

這難道不是提示丹尼將「祕密」藏在什麼地方的地圖？就算之前克蘿內講的東西是騙人的，丹尼過去帶著某種「祕密」逃避敵人依然是不爭的事實。難道那跟保險櫃裡裝的東西其實沒有關係嗎？

「嗯，而且這正是你才應該看的東西喔。」

月華說，她交給我的是好幾件檔案的其中之一。

那些影片檔案全部都是拍給太陽之家每一位小孩子的內容，而當中似乎也有以我為對象的東西。

我稍微猶豫後，按下播放鈕。結果橫向畫面上映出某間房間中，丹尼·布萊安特坐在一張沙發上的影像。

『嘿，好久不見。你看得到嗎？』

那影片有如什麼家庭紀錄片。

然而那樣溫馨的氣氛在下一秒便煙消雲散了。

『如果你期待這是什麼感人的影像信，現在馬上給我丟掉那份期待。』

……啊啊，這種令人不爽得恰到好處的感覺，正是那個男人的風格沒錯。

我根本不會期待你講出什麼感人的話啦——我很想這麼回嗆，只可惜對方聽不到了。

『話說在先，我不會留給你任何東西。包含財產在內，一件都沒有。』

那講法簡直就像他已經領悟自己的死期將近，所以才留下這段影片代言的。只不過那內容始終辛辣。

『反過來也是一樣。你能夠為我做的事情一件都沒有。活著的傢伙能夠為死者做的事情，一丁點都不存在。』

這樣殘酷的主張讓我胸口霎時一疼，不過我很快又明白那是正確的。

我們會向死者送花，會對著天上講話。會告訴自己對方永遠活在自己心中，然後繼續往前走下去。

然而，沒錯，到頭來那些行為也許都不是為了死者，而是為了讓自己心中釋懷也說不定。因此被留在人世的我們，在真正的意義上能夠為死者做的事情，其實一件都沒有。我今後能夠為丹尼做的事情也——

『這樣就好了。』

這句話讓我自然垂下的頭又忍不住抬了起來。

『我已經辦完了所有我必須做的事情，所以不會留下什麼爛攤子。你更是沒有為我報仇的必要。我全部都完成了。因此你不需要被死者的目光束縛自己。』

坐在沙發上的他雙眼直視著前方的鏡頭，語氣柔和又強勁有力地對看著這段影片的我述說：

『所以我本來其實連這種影片都沒必要留下。反正現在你身旁肯定有個人。那個人想必甚至會把今後要如何活下去的方法都告訴你。不過唉呀，反正錄影容量還空著，我這次至少教你一個道理吧。』

丹尼・布萊安特就這樣說起最後的話語。

『——沒有家人不是什麼特別的事情。

——沒有朋友不是什麼特別的事情。

——一個人活著，不是什麼特別的事情。

——聽好，別把那種東西當成你的特點。

——甚至連你個人資料的一小角落都別寫進去。

——頂多是哪天被人問起的時候，「哦哦，好像是這樣呢。」地回想起來就夠了。

——對，真正重要的只有一件事。

——你到底是個什麼人？』

就只有這個問題——丹尼・布萊安特說著，聲音越來越有力。

『——像這樣問自己。不斷問自己。

——你究竟想做什麼？期望什麼？

——為了實現那個心願，你能做到什麼？能夠犧牲什麼？

——我說，君彥。

──到了明天，你想做什麼？』

他最後如此說完後，笑了。

畫在他那幅肖像畫上的，就是這張笑臉沒錯。

「居然今天跟我講這種話嗎？」

看著變黑的畫面，我忍不住如此嘀咕。

五月五日。今天是我十四歲的生日。

「真是討厭的巧合啊。」

即便知道不是那樣，我依然只能這麼說。

我把手機還給月華後，抬頭仰望陰暗的天空。

不知不覺間，開始下起小雨了。

「那傢伙果然是對一切都感到滿足，達成所有使命，然後離開人世的。」

我走近懸崖邊，俯瞰浪濤洶湧的海面。

「可是，失去了女兒，後來轉為展開守護不幸兒童們的活動，最後為了保護那些孩子們丟掉了自己的性命──這樣真的就好了嗎？不，那傢伙應該很滿足吧，應該對自己的死不抱遺憾吧。達成了使命，貫徹了正義，或許死得心甘情願吧。」

但是——

我用力咬牙，甚至發出嘎響。

內心期望著越來越強的雨勢能夠沖刷掉一切，並緊握起拳頭。

「既然這樣，除了他以外的人總該為他的死感到悲傷才行吧……！假如那傢伙沒有感到後悔，我就代替他後悔……！不是該這樣嗎？因為這樣的結局未免也太悲哀了——」

這種心情該如何用話語表達才好？

這樣的難受，這樣的不如意，這樣壓倒性的無力感。

死人無法復活。

被留下來的人能做的事情一件也沒有。

即便如此也依然吞沒這個身體，彷彿濁流般難以抵抗的這份心情，如果要總括為一句話，單單一句話，那就是——

「——太不講理了……！」

從我丹田深處擠出來的答案，是這樣一句平凡無奇的話語。

雨滴敲打在我的臉頰上、肩膀上、腳下的地面上。

冰冷的現實如同一把利劍，深深刺在我的身體。

「——你這傢伙，是笨蛋嗎？」

然而就在這時。

混雜在雨聲中，我好像隱約聽到那樣推翻現實般的話語。

「不會死。才不會死。丹尼・布萊安特才沒有死。」

是月華。

她平靜但確實帶有力量的聲音從我背後傳來。

「只要有人繼承那份遺志，他就……我們就絕不會死。」

月華接著「吶，少年」地對我說著，詢問我的決斷：

「你要怎麼活下去？繼承了他的遺志，今後你要如何活下去？」

丹尼・布萊安特失去女兒後，選擇了保護世上小孩們的生活方式。

那麼我呢？失去了師父之後，今後我要如何活下去？

「……我……至少可以確定，我沒辦法做到像那傢伙的生活方式。我沒有足夠拯救每個人的力量。」

那麼究竟該怎麼做才好？

連自己的事情都不明白的我，還是只能故技重施地追尋師父的背影。

『人根本很難知道真正的自己是怎樣。搞不好你其實是個會笑得更親切的小鬼喔。』

我回想起丹尼曾經這麼說過。

沒錯，我對於自己的事情根本一丁點都不理解。

那麼是不是至少照那傢伙說的，今後學著說些俏皮話笑一笑呢？

背負著這樣容易被捲入麻煩的體質，我究竟能夠保持這樣輕鬆的態度到什麼時候？

『帶有那種麻煩體質的你如果要跟警察或偵探交手，就只能當個詐欺師或怪盜啦。』

對了，他也曾經跟我這麼說過。

從今以後我必須面對的對手，肯定不只是警察或偵探而已。

幫派分子、間諜、教人作嘔的罪犯，甚至難以想像的巨大邪惡，或許都會被我碰上吧。那樣的人生，我該怎麼活下去才好？

『放心吧。當你碰到必要的時候，總會遇上當下必須認識的人物。今後也一直都是如此。』

到最後把問題丟給別人處理就好了嗎？

……不對，不是這樣講。他所謂「碰到必要的時候」，應該是指我自身已經竭盡所能之後。

所以無論將來會遇上多大的困難，無論到時候有誰陪在我身邊，在那之前我都必須先做到自己該做的事情才行。

對。

所以我只有這樣的生活方式了。

總是會被捲進各種事件的我，想必會隨之背負各種人的憤怒、悲傷與痛苦，會在最接近事件中心的位置看著那些人的悲劇。既然這樣……

「至少要對自己眼睛所及範圍的人伸出援手。我要成為這樣的人。」

這就是天生帶有這種體質的我選擇的人生態度。

到頭來還是追隨著師父背影的我，如此告訴月華。

「——是嗎？很高興能聽到你這麼說。」

結果月華露出淡淡微笑後，轉身背對我。

「——妳要走了嗎？」

我沒有問「去哪裡」，不過內心隱約知道她不只是要離開這地方而已，也準備要從我身邊離開了。

「嗯，下一份工作在等我。」

月華依然背對著我，一如往常地用聽不出感情的聲音這麼表示。

對於那樣的她，我大概是出自惜別的心情忍不住問道：

「妳覺得我們哪一天還會再見到面嗎？」

就算沒有約定再相遇。例如走在哪裡的街上偶然碰面之類的，那樣的可能性存在嗎？

「誰曉得呢？這世界很廣闊的。」

月華沒有看向我的臉，口中冒出苦笑的聲音。

然而接著……

「但就算世界再怎麼大，人的意念肯定會在什麼時間、什麼地點互相交錯。如果我和少年從同一個人物繼承了同樣的遺志，或許有一天會再相遇吧。」

她又彷彿暗示了什麼之後，往前走去。

「月華！」

我再一次出聲叫住準備離去的怪人二十面相。

「總有一天，我會回報妳。」

直接講謝謝莫名讓人感到害臊，因此我稍微含糊了講法。

不過相對地……

「就好像妳幫助過我一樣，將來有一天我也會**拆掉妳那個面具**。」

妳以為我都沒發現嗎？

以為可以單方面裝成一個大人離去嗎？

「妳跟我是一樣的。不讓別人看見真正的自己。不允許自己坦露真心。」

就這樣為自己銬上枷鎖，戴著虛假的面具扮演白銀月華。

她戴在臉上的不只是怪人二十面相的面具而已。

月華一直在隱瞞的，是包覆真心的厚重鎧甲。

「稍微再給我一些時間。」

總有一天我會幫妳拆掉那個面具、那個鎧甲。

所以在那之前，我們暫別吧。

結果月華嘆出了自從認識以來到現在最深的一口氣，但最後還是轉回頭，帶著微笑對我說道：

「明明只是少年，也太囂張了吧。」

【某位少年的敘述③】

「這就是我對生日的回憶。」

就這樣，我總算把關於那男人的昔日往事講完了。

關於五年前——我和名叫丹尼‧布萊安特的男人死別的事情。

以及四年前——我得知了丹尼‧布萊安特之死背後真相的事情。

這兩件都是有如配合我的生日般發生的事情。

夏凪、齋川與夏露三個人聽完我的話，全都沉默閉著嘴。

「抱歉啦，不是什麼有趣的故事。」

每年只要到了那天，我就會回想起這段記憶。

然而我從來沒有對誰說過。也沒有告訴人的必要。

就算不那麼做，我也不會忘記。我無法忘記。

我耳邊依然可以聽見丹尼‧布萊安特的聲音。死者的目光依舊總是在身旁看著我。講清楚，這可不是什麼鬼故事喔？

只是每當到了五月五日我就會回想起來。丹尼・布萊安特的話語，以及遺留下來的意志。

因此這絕不是一齣悲劇。

我克服了他的死亡，知道了他的遺志，於是能夠面對未來。

所以真要講起來，這是我——君塚君彥成形過程的故事。

所以這應該不是什麼悲傷的故事才對——可是……

「為什麼……請問為什麼呀？」

一片寂靜中，首先開口的是齋川。接著……

「為什麼君塚先生總是不把像這樣的事情告訴我們呢！」

要說令人意外或許很失禮，但齋川居然哭了。

「不對，我這是在生氣！」

她往桌面一拍，強力主張似地站起身子。

我雖然有聽過喜極而泣，不過看來世界上也有「怒極而泣」的概念……如果我這樣開開玩笑，這位偶像是不是就會停下淚水了？

「……請你多告訴我們呀。不要每次都只開玩笑講俏皮話，再多告訴我們這些事情嘛……」

請不要說因為我們沒問喔——齋川眼神帶著怨氣地如此盯著我。

或許正因為她一直以來對於家族懷抱著比人更多的苦惱，所以對我這段故事有所共鳴吧。

「對不起啦，齋川。」

面對用手擦拭著淚水的她，我感到抱歉地忍不住瞇起眼睛。

不過——

「但是啊，齋川。這對我來說並不是什麼特別的事情。」

這是以前丹尼講過的話。

沒有家人的事情也好，沒有朋友的事情也好。

關於我出生成長的境遇，還有關於和丹尼的死別想必也一樣。

這些全都不是什麼特別的事情。

甚至連個人資料的一個小角落都沒有記載的必要。

就是因為他跟我這麼說過，跟我這麼約定，所以——

「……就算是那樣，我還是希望你能再早點告訴我們呀。」

然而齋川還是低著頭，小聲如此嘀咕並坐回椅子上。

夏凪臉上帶著苦笑，輕輕撫摸齋川的頭。

「你果然還是這麼笨。」

結果這次換成夏露說著，把不太高興的臉別開。

即便是在場成員之中和我認識期間最久的夏露，也從來沒聽我告訴過她自己的過去。而且沒提過這種話題的人也不是只有我。

「夏露妳才是什麼都不跟人講吧。」

對，例如說……

「像是關於妳雙親……」

「現在別提那種事。」

這位特務少女立刻打斷我繼續要講的話。吹過一陣風，讓一頭金髮藏住了她的側臉。

嗯，我知道。

我們都為了改變些什麼，才剛踏出第一步而已。

夏凪從過去，齋川從父母，夏露從使命，我則是——從亡者。

我們各自克服了自己的詛咒，往前邁進。

然後在真正的意義上，還沒有一個人實現自己想要達成的心願。

所以要從這裡開始。現在還只是開始而已。

「月華小姐、嗎？」

這時，夏凪忽然小聲呢喃這個名字。

白銀月華。

四年多前和我共同行動了一週左右的自稱怪人二十面相。

當時多虧有她，讓我找出了丹尼·布萊安特之死的真相，並收到那個男人最後留下的禮物。

不曉得她如今在什麼地方，過著什麼日子呢？

「——應該、是我想太多了吧。」

夏凪表現出似乎想到什麼事情的態度，卻又接著搖搖頭。

「不過，原來如此。君塚就是像這樣邂逅了各種人物呢。」

「是啊，而且都不是出自巧合。」

聽到我說出這種話，夏凪一瞬間睜大眼睛後露出微笑。

這同樣也是丹尼以前講過的事情。

他說我總會在碰到必要的時候遇上必要的人物，而且說事情就是這麼安排好的。

恐怕在這點上，我和那傢伙的相遇本身也不是例外。

七年前，自稱《師父》的傢伙到派出所接我出來的事情也好。

他離開人世一年後，《怪人二十面相》出現在我面前的事情也好。

後來過了沒多久，白髮的《名偵探》帶著我踏上世界之旅的事情也好。

又在她死了一年後，我在放學後的教室被《同年級同學》叫醒的事情也好。

這些肯定對於我——君塚君彥都是必然的過程。

「但也不只君塚而已。我們也是一樣。」

夏凪說著，輪流注視我、齋川與夏露。

「我們就是像這樣不斷與什麼人邂逅，將那些人的意志、希望以及名字接續、傳承，然後活下去。至今如此，將來也是一樣。」

希耶絲塔、愛莉西亞還有海拉。接下她們的遺志，延續自己的脈動，如今活在這裡的夏凪渚，接著露出精悍的表情仰望天空。

「是啊，說得沒錯。」

我也跟著她仰望同一片天空。

對，就是從那片天空開始的。

我那段令人眼花撩亂的冒險活動，以前就是從那片遠在一萬公尺高處的藍天拉開序幕的。

不過想飛上天空需要有跑道，需要有足以起飛的一段助跑。

為此推了我一把的人物最後對我露出的微笑，不經意浮現在我腦中。

距今四年半前，我和那個人物——白銀月華道別的那一天，我忘了問她一件事。

在道別前兩天，月華在電話中對我說過「有重要的事情要講所以想直接見面」

之類的話，可是我緊接著遭到克蘿內綁架，面臨性命危機。由於發生那樣一樁事件，我和月華都錯失了講「重要事情」的機會，就那麼迎接了道別的日子。

月華當時究竟想告訴我什麼？

她原本打算對我說什麼……卻又打消念頭，從我身邊離開了？

直到最後的最後都沒有讓我看過真正長相，也沒告訴過我真正名字的怪人，即使被我問到將來是否會再見面，她也沒有給我明確的答覆。

我雖然約好總有一天要拆掉她的面具，但遺憾的是那份誓言至今依然沒有實現。從那之後過了四年以上，我如今甚至還沒跟她重逢。

……不，或許就算見到面，我也沒有察覺吧。無論長相、聲音或體型，以及她告訴我的個人資料全部都是假的。因此即使在街上偶然擦身而過，我也沒有辦法認出她來。

不過我和她之間還有一套暗語。

以前姑且不說，但現在──

對夏凪也變得能夠坦率講出那種話的我，應該可以藉由那套暗語和那女性再相遇。很抱歉我沒有任何根據，但是……

「約好的事情就要遵守才行啊。」

我這麼小聲呢喃，結果夏凪、齋川與夏露都露出感到奇怪的表情看向我。於是我只說了一句「沒事。」並搖搖頭。

「真是好天氣。」

不過在和她重逢的那天到來之前，我和這些熱鬧的同伴們繼續旅行也好吧——

望著與那個下雨天不同的藍天，我不經意這麼想著。

【四年前的序章】

那起事件——在太陽之家與克蘿內交手後過了約一個月。我身為《名偵探》持續對《原初之種（席德）》率領的《ＳＰＥＳ》調查的過程中，終於掌握到他們的魔爪正逐漸逼近日本的消息。

一個月前的那一天，少年Ｋ曾經說過，希望自己成為一個能夠對周圍的人伸出援手的人物。然而看不見的劇毒卻已經逐漸侵蝕到他伸手可及的範圍了。

少年Ｋ就讀的中學，如今已有零零星星幾位加入《ＳＰＥＳ》的基層人員，讓某種藥物開始在校園中橫行。這是之前我請《黑衣人》們調查這座城市時，已經出現前兆的事件。

我不禁想，這一天來得還真快。

我要和少年Ｋ聯手改變未來——這樣聽起來或許有點誇大。

然而這是真的事情。既非做夢也不是什麼童話故事。

對我們來說，這是無庸置疑的現實。

正因為如此，我現在才會**坐在這裡**，等待有什麼新的動向。

嗯？要問我在哪裡嗎？

那就是──

「本班機目前正在等候最後一名乘客上機。」

沒錯，正如廣播所說，這裡是一架飛機上。接下來假如按照預定，將會在一萬公尺上空**發生某起事件**。而我為了身為偵探解決那起事件，才會坐在這班飛機的窗邊座位。

旁邊的位子還空著。

我就是在等待應該會坐到這裡來的人物。

話雖如此，但我們並沒有事前約定碰面。因此就算**他**按照預定現身，想必也不會注意到我的存在吧。

現在的我，是真正的我。

摘下白銀月華的面具，以代號──希耶絲塔的身分坐在這裡。

「你如果見到我真正的容貌，會作何感想呢？」

我忍不住呢喃著之前也稍微想過的事情。

會覺得我是個美人嗎？這只是想想而已啦。

比起那種事，其實只要他到這裡來就好了。

我期待和他再次邂逅，然後……然後——

「…………」

我用右手壓住自己的左手。

真不像我的個性。我的左手居然有點在發抖。

少年真的會到這裡來嗎？

畢竟照他的特質，會不會在被捲入我的計畫之前先遭遇其他事件呢？

對，他不會現身在這裡的可能性其實是很高的。

之前米亞曾經說過，甚至能夠將《聖典》中記載的未來都改變的存在——特異點（Singularity）。

正由於那樣的性質，即便我內心多麼期望與他重逢，多麼想要和他成為搭檔，也無法知道是否能夠實現。《特異點》沒有再現性。到頭來，偵探的推理根本無法套用到他身上。

可是，就算這樣，我還是會想。忍不住會想。如果和帶有那種性質的他再次相逢，如果真的又再度邂逅，到時候應該可以稱之為命運了吧——會這樣想的我，果然是電影或連續劇看太多嗎？

「但這都要怪你喔。」

我如此呢喃，隨意注視著起飛前的飛機窗外。

本來我選擇要讓少年K成為搭檔的理由，單純因為他是《特異點》而已。在電話中對艾絲朵爾大膽放話說自己接下來會找個同伴時，我腦中的邏輯也是如此。藉由讓足以顛覆各種世界危機的他待在自己身邊，我身為《名偵探》就能達成更加壯大的使命——我是這麼想的。原本是這麼想的。可是……

「你卻看透了我的一切。」

那天他說過，總有一天要拆掉我的面具。

君塚君彥——起初還以為他跟我莫名相似，然而在本質上卻有些不同。那個人格究竟是如何形成的？我在不知不覺間變得想要知道那個原委，結果在一同行動的過程中得到了答案。我認為自己得到了答案。

回過神時，我才發現被摘下面具的他目不轉睛地盯著我，發誓下次會輪到他拆掉我的面具。不知道為什麼，這件事情讓我……對，讓我很開心。甚至覺得**什麼《特異點》的設定根本無關緊要了**。

所以——我不確定使用這樣的連接詞是否妥當。

不過我今天一定要把當時自己怎麼也無法向少年表達的話講出來。

想必我一直以來都想表達的「你來當我助手吧」這句話，我今天一定要說出口。

不是身為白銀月華，也不是怪人二十面相，而是單純以我個人的身分。

「雖然這或許也是一種任性吧。」

自從一年前左右當上《名偵探》後直到現在，我都沒有結交過什麼同伴。當然，夏露和米亞是我很重要的存在，這點不會錯。但是我並不想要用「同伴」這個詞將她們囊括起來，甚至把她們拖進我亂來的行動中。因此我雖然重視她們，卻也努力和她們之間劃清一條界線。

但是少年的狀況就沒辦法如此了吧。今後他在跟我一同行動的過程中，被捲進什麼巨大危險的可能性非常高。他真的會願意陪我踏上那樣的冒險之路嗎？讓他陪我一起冒險真的好嗎？

不管思考多少次都得不出答案的疑問，又在我腦中盤旋。然而我唯一當作妥協方案引導出的答案，就是如果邀請他成為這趟冒險之旅的搭檔卻遭到拒絕，我就會斷然放棄。

「他會願意接受嗎？」

當然，我很清楚對方不可能那麼容易就答應我的邀約。

因此我將勸誘機會最多設定到三次為止。

「……還是到五次好了。」

考慮到自己表達上的笨拙程度，我稍微再放寬了限制。

不過做為相對條件，即便少年真的答應我的邀請好了，假如我判斷這趟旅行只會對他造成負面影響的時候，就要立刻跟他分開。唯有這點必須絕對遵守——我如此下定決心，並安撫著自己吵鬧的心跳聲，靜靜等待那一刻到來。

「吶，少年。」

吶——我要怎麼稱呼你才好？

我開始挑戰起下一個難題。

假如他真的來到我身邊，我應該怎麼叫他比較好？

少年？——有點奇怪，畢竟我們實際上年齡相差不多。

那，君彥？——直接這樣叫好像有點太親密了。

君塚同學？——感覺不太符合我給人的印象。

「有沒有什麼代號呢？」

那樣應該會比較好稱呼……但是像這樣思考起來才發現意外地難取代號。而且為什麼我必須為了這種事情煩惱才行？總覺得慢慢火大起來了。

話說我因為最近都沒見面，連他的長相都逐漸忘記了。他長什麼樣子來著？印象中五官應該算很端整，不過莫名缺乏精神，一雙寂寞的眼神彷彿對世上一切都感到放棄，但偶爾浮現的笑容卻又有點可愛，然而那只不過是他的面具之一。可是唯

獨最後對著我笑的表情，肯定是他真正的笑臉。

另外還有——

——那張適合嘆息的側臉。

我在內心鬆了一口氣，拚命壓抑著臉頰忍不住要笑出來的衝動，假裝在睡覺。

不能穿幫——月華（我）在這裡的事情。

不能被他發現——我這股雀躍不已的心情。

閉上眼睛的我聽著自己激動的心跳聲，並感受少年的氣息。

是他。和我散發著同樣氣味的他，現在毫無疑問就坐在旁邊。

「唉，太不講理了。」

結果少年大概是回想起抵達這裡之前發生過的事情，一個人如此嘀咕。

這句之前也有聽過的話，似乎是他的口頭禪。

既然如此，我今後就用最單純的一句話幫他抵銷掉降臨在他身上的各種災禍吧。告訴他這個充滿不講理的世界根本是愚笨至極的鬧劇。

不久後，乘客到齊的班機關起艙門，在跑道上開始加速。

目標是遠在一萬公尺上方的高空。

從這裡，我和他——不對，偵探與助手令人眼花撩亂的冒險活動就要開始了。

首先做為序曲。

豎起耳朵，你聽，那聲音傳來了。

「請問各位乘客當中，有職業是偵探的嗎？」

後記

兩年沒寫後記了。好久不見，我是二語十。

這次非常感謝您閱讀《偵探已經，死了。》第六集！上次的第五集中，《SPES》篇暫告了一個段落。在故事準備展開下一步新的大動向之前，這次先送上了描述「君塚與希耶絲塔之間真正邂逅」的故事。請問讀者們還滿意嗎？

這一集中敘述了過去沒什麼機會提到的君塚個人的人格描寫，以及藉由站在敘述者的角度可以看出希耶絲塔內心想法等等，我想應該和前面幾集的風格稍有不同吧。如果讀者透過這集的內容變得更加喜歡偵探與助手，筆者將會感到非常榮幸。

前文也提過，從《偵探已經，死了。》第一集發售至今剛好過了兩年的歲月。在許多人的支持協助下，本作不但出了漫畫版與周邊商品，而且還拍成了電視動畫。在系列作剛開始的時候，筆者完全沒有預料到作品會發展到如此大的規模。不久前本來只存在於自己腦中的君塚和希耶絲塔，如今卻有好幾萬人一同共享、一同觀望他們的冒險。這個狀況讓筆者感到無比驚訝的同時，也非常高興。

關於那樣一齣偵探與助手的冒險活動，筆者偶爾會收到讀者們提出「請問這個故事展開是一開始就想好的嗎？結局已經決定了嗎？」之類的問題。直截了當地說，這劇情並非一〇〇%全都事先決定好，今後的展開也無法斷定絕對會怎麼發展。作品中出現的一項關鍵道具《聖典》，真要講起來就類似於撰寫這部作品之前最初的情節構思。然而君塚君彥在定義上，是個會將那樣一條已經決定好的路線徹底顛覆的存在。

因此我想今後君塚——或者可能希耶絲塔或夏凪也是——應該還會繼續無視於原作者當初想好的構思，冒險下去吧。真是讓原作者頭疼的人物們呢……因此這個故事從來沒有一次是按照起初的情節構思在發展。不過筆者還是會奉陪，在作品中找出他們能夠接受的答案，而且如今這也變成讓筆者繼續執筆的最大原動力了。

以下將是謝詞。由於如今增加了太多夥伴們參與製作這部作品，若一一致謝將會讓篇幅不足，還請各位諒解。包含原作、漫畫版、電視動畫、周邊商品企劃以及各種活動在內，參與《偵探已經，死了。》作品的製作、宣傳、販售等流程的各位同仁，還有最重要的是從系列作品發售至今一路支持本作的讀者大人們，筆者謹此致上兩年份的感謝之意。真的非常謝謝大家。今後也請多多關照。

國家圖書館出版品預行編目資料

偵探已經，死了。/ 二語十作；陳梵帆譯. -- 1 版. -- 臺北市：城邦文化事業股份有限公司尖端出版：英屬蓋曼群島商家庭傳媒股份有限公司城邦分公司發行，2022.09
冊；　公分
譯自：探偵はもう、死んでいる。
ISBN 978-626-338-390-6（第 6 冊：平裝）

861.57　　111012070

浮文字

偵探已經，死了。6

（原名：探偵はもう、死んでいる。6）

著　者／二語十
繪　者／うみぼうず
譯　者／陳梵帆
執 行 長／陳君平
美術總監／沙雲佩
國際版權／黃令歡、梁名儀
榮譽發行人／黃鎮隆
美術編輯／陳聖義
文字校對／施亞蒨
協　理／洪琇菁
執行編輯／丁玉霈
內文排版／謝青秀
總 編 輯／呂尚燁

出　版／城邦文化事業股份有限公司 尖端出版
台北市中山區民生東路二段一四一號十樓
電話：（〇二）二五〇〇—七六〇〇
傳真：（〇二）二五〇〇—二六八三
E-mail: 7novels@mail2.spp.com.tw

發　行／英屬蓋曼群島商家庭傳媒股份有限公司城邦分公司 尖端出版
台北市中山區民生東路二段一四一號十樓
電話：（〇二）二五〇〇—七六〇〇（代表號）
傳真：（〇二）二五〇〇—一九七九

中彰投以北經銷／楨彥有限公司（含宜花東）
電話：（〇二）八九一九—三三六九
傳真：（〇二）八九一四—五五二四

雲嘉經銷／智豐圖書有限公司 嘉義公司
電話：（〇五）二三三—三八五二
傳真：（〇五）二三三—三八六三

南部經銷／智豐圖書有限公司 高雄公司
電話：（〇七）三七三—〇〇七九
傳真：（〇七）三七三—〇〇八七

香港經銷／一代匯集
香港九龍旺角塘尾道六十四號龍駒企業大廈十樓 B&D 室
電話：（八五二）二七八三—八一〇二
傳真：（八五二）二七八二—一五二九

新馬經銷／城邦（馬新）出版集團 Cite（M）Sdn. Bhd.
E-mail: cite@cite.com.my

法律顧問／王子文律師 元禾法律事務所
台北市羅斯福路三段三十七號十五樓

二〇二二年九月一版一刷
二〇二三年八月一版三刷

■中文版■

郵購注意事項：
1.填妥劃撥單資料：帳號：50003021戶名：英屬蓋曼群島商家庭傳媒(股)公司城邦分公司。2.通信欄內註明訂購書名與冊數。3.劃撥金額低於500元，請加附掛號郵資50元。如劃撥日起 10～14日，仍未收到書時，請洽劃撥組。劃撥專線TEL：(03)312-4212 ・ FAX：(03)322-4621。E-mail：marketing@spp.com.tw

偵探已經，死了。

偵探已經，死了。